JUNGS!

Ein besonderes Kinderbuch ab 6 Jahren
über Alltagshelden, wahre Stärke
und den Mut so zu sein, wie man ist

- mit Ausmalbildern zum Ausdrucken -

SOPHIE LINDE

JUNGS!

Herausgeber: Sophie Linde c/o Nina Südkamp, Michælkirchplatz 1, 10179 Berlin

Kontakt: suesssauer.kinderbuecher@gmail.com

Autor: Sophie Linde

Illustrationen: Amy Sulistya

Umschlaggestaltung und Buchsatz: Dagmara Bær

Lektorat, Korrektorat: Nina Südkamp

ISBN: 9798567011911

Druck und Vertrieb: Amazon Kindle Direct Publishing

Bibliografische Informationen der Deutschen Nationalbibliothek:

Die Deutsche Nationalbibliothek verzeichnet diese Publikation in der Deutschen Nationalbibliografie; detaillierte bibliografische Daten sind im Internet über http://dnb.d-nb.de abrufbar.

INHALT

Hallo du!

Genau, du mit dem Buch in der Hand. Willkommen in meinem Jungs-Buch! In den kommenden 10 Geschichten warten ganz unterschiedliche Jungen darauf, dass du mit ihnen in ihre Welt eintauchst: Kai zum Beispiel ist sauer auf sich und die Welt, weil er einen wichtigen Wettkampf verloren hat; Emilio wird ausgelacht, weil er schwächer ist als die anderen Kinder in seiner Klasse; Hanno hat Heimweh und Jannis plagt das Lampenfieber vor einem Theaterauftritt, weil der winzige, freche Zwerg Tourrumpel in seinem Kopf einfach keine Ruhe geben will. So unterschiedlich die Kinder auch sind, sie alle haben eines gemeinsam: Sie sind gut, so wie sie sind. Genauso wie auch du gut so bist, wie du bist. Ganz egal ob du kurze Haare hast oder lange; ob du lieber Markenkleidung trägst oder Röcke; ob du mit deinen Gedanken Berge versetzen kannst oder mit deinen Muskeln.

Vielleicht hat dir auch schon einmal jemand gesagt, wie „richtige Jungs" sein sollten? Vielleicht kommen dir Sprüche wie „Männer weinen nicht", „Jungs müssen stark sein" oder „Ein Indianer kennt keinen Schmerz" bekannt vor? Vermutlich weißt du schon längst, dass das Quatsch ist. Schließlich ist jeder Mensch manchmal glücklich und manchmal traurig, mutig oder ängstlich, manchmal laut und manchmal leise. Du doch bestimmt auch?

Die Geschichten in diesem Buch sollen dich darin bestärken, dich in eigenen heiklen Momenten zu erinnern: Emilio hat zum Beispiel nicht die stärksten Muskeln, doch er sieht als einziger, dass ein Mitschüler Hilfe braucht. Hanno weint, weil er seine Familie vermisst, und doch schafft er es, eine riesige Portion Mut aufzubringen und trotzdem Neues entdecken und erleben zu wollen. Und der schüchterne Luca erlebt im Traum, dass er viel mehr kann, als er glaubt und findet so den Weg zu einem Schatz, der sein Leben verändern wird.

Angst zu haben, traurig oder unsicher zu sein und Schwäche zu zeigen, ist nämlich ganz und gar nicht „unmännlich", im Gegenteil! Schwäche zu zeigen ist die größte Stärke; Trauer zuzulassen der Weg zum Glück und Angst zu haben sogar lebenswichtig! Wenn unsere Vorfahren zum Beispiel bei der Begegnung mit einem hungrigen Löwen keine Angst gehabt hätten, könntest du dir heute dieses Buch gar nicht anschauen, weil es weder dich noch mich, noch sonst irgendeinen Menschen auf dieser Welt geben würde!

Du merkst schon: Gefühle zu haben und ernst zu nehmen, ist sehr wichtig! Und genauso wichtig ist es, dass du auf deine innere Stimme hörst und daran glaubst, dass du alles erreichen kannst, was du möchtest. Ganz egal ob du singen, tanzen, Fußball spielen, malen, rappen, nähen, Kampfsport machen, Baumhäuser bauen, dich verkleiden, gärtnern, reiten, Dinge erfinden, häkeln, beatboxen oder Bücher schreiben willst: probier's aus! Lass dir von niemandem sagen, wie ein Junge sein sollte, schließlich bist du so oder so nur eins: genau richtig!

„WAHRE STÄRKE

hat nichts mit Muskelkraft zu tun."

- unbekannt -

Ein starkes Stück

Es war ein verregneter Donnerstag im November; für die Klasse 3C stand Sportunterricht auf dem Stundenplan. Der Regen prasselte laut auf das flache Dach der Turnhalle. Josh, Lenny und Nils stürmten als Erste in die Halle. Diese Drei wurden einfach nie müde: Obwohl sie gerade die ganze Pause lang wild getobt hatten, schienen ihre Füße auch jetzt nicht stillstehen zu wollen. Erst als ihr Lehrer Herr Richter die Halle betrat, setzten sie sich auf die Bänke. Doch selbst hier konnten sie nicht ruhig sitzen: Wenn ihre Füße schon still stehen mussten, konnten doch wenigstens ihre Arme Sport machen! Und so begannen die Jungen damit, sich im Armdrücken herauszufordern.

Während Josh und Lenny miteinander rangen, hatte Nils Emilio, seinen Sitznachbarn, zum Duell herausgefordert. Bereits nach wenigen Sekunden sank Emilios Arm zur Seite.

Klarer Sieg für Nils! Aufgeregt erzählte er Josh und Lenny, wie viel stärker er als Emilio war. Keiner der drei bemerkte Emilios traurigen Gesichtsausdruck, als die anderen Kinder über ihn lachten.

Emilio war groß und schlaksig. Schon oft hatte er sich von den Kindern anhören müssen, dass er aussehe wie ein Spargel. Obwohl er versuchte, sich solche Bemerkungen nicht zu Herzen zu nehmen oder sogar als Spaß zu verstehen, ließen sie ihn nicht kalt. Er hoffte, dass ihnen irgendwann der Spaß vergehen würde, ihn zu ärgern, wenn er sich nichts anmerken ließ und sogar nett zu ihnen war. Aber manchmal wünschte er sich trotzdem, dass ein Lehrer einschreiten würde.

Auch heute lachten die Kinder wieder stets dann über ihn, wenn ihr Lehrer die Halle kurz verließ und außer Hörweite war. Josh rief laut durch die Turnhalle:

„Emilio hat Spargelarme!"

Doch genau in diesem Moment ertönte plötzlich laute Musik. Herr Richter war unbemerkt zurückgekommen, hatte einen CD-Player mitgebracht und spielte damit Musik ab. Erschrocken sah Josh sich um und bemerkte den warnenden Blick seines Lehrers. Scheinbar hatte ihr Lehrer dieses Mal doch etwas mitbekommen. Aber das war nicht das Einzige, was Emilios Laune schlagartig verbesserte: Die Musik kündigte an, dass sie in dieser Stunde tanzen würden. Emilio liebte es zu tanzen!

Herr Richter erklärte, dass sie sich heute

einen gemeinsamen Tanz ausdenken wollten.

Jedes Kind konnte sich eine kurze Bewegungsfolge überlegen, die es der Gruppe vortanzen wollte. Am Ende sollte sich daraus ein Tanz mit 25 verschiedenen Bewegungen ergeben.

Die ganze Klasse stellte sich in fünf Fünfer-Reihen auf und nacheinander sprang ein Kind nach dem anderen nach vorne, um zu zeigen, was es sich ausgedacht hatte und alle anderen tanzten die Bewegung nach. Die Kinder hatten ihren Spaß daran, sich Schrittfolgen, Arm-Bewegungen, Sprünge, Drehungen oder sogar kleine Kunststücke zu überlegen, die sie in ihren Tanz einbauen wollten.

Als Emilio an der Reihe war, konnte er seinen Mitschülern etwas ganz Besonders zeigen: Er hatte sich zu Hause ein paar Breakdance-Moves beigebracht. Seine Mitschüler staunten nicht schlecht, als er plötzlich auf den Boden sprang, seine Beine blitzschnell von rechts, nach hinten, nach links, nach vorne warf und sich dabei mit den Händen in der Mitte auf dem Boden abstützte.

Nach einer Weile hatten die meisten Schülerinnen und Schüler der 3C den Dreh raus und waren bereit für die nächste Bewegung.

Nun war Josh an der Reihe. Es ärgerte ihn, dass ausgerechnet der schwache Emilio so ein Lob für seine Idee bekommen hatte. Aus diesem Grund versuchte er nun, sich etwas noch Ausgefalleneres auszudenken. So schwer konnte Breakdance ja schließlich nicht sein. Er erinnerte sich, dass er einmal ein Video gesehen hatte, in dem der Tänzer mit nur einer Hand auf dem Boden die Füße in die Luft gestreckt hatte. Wenn er das vormachen würde, wäre Emilios starker Auftritt sicher schnell wieder vergessen.

Also sprang er, ähnlich wie der Tänzer in dem Video, aus dem Stand in eine Position, die aussah, als würde er Liegestütze mit einer Hand machen wollen. Aber ganz anders als in dem Video schwebten seine Beine nicht wie magisch über der Erde. Im Gegenteil: Sein ganzer Körper plumpste mit einem lauten Knall auf den Boden.

Rumms – Joshs Aufprall auf den Boden hatte die Schülerinnen und Schüler der 3C ganz schön erschreckt. Einige Kinder begannen zu kichern.

Zugegeben, es sah auch wirklich komisch aus, wie der große Josh eine Art Bauchklatscher auf den Boden gemacht hatte und krampfhaft versuchte, seine Füße in die Luft zu strecken. Doch fiel denn niemandem Joshs schmerzverzerrtes Gesicht auf?

Unbemerkt von den anderen Kindern rannte Emilio Herrn Richter entgegen, der gerade angelaufen kam.

„Josh hat sich wehgetan, ich hole etwas zum Kühlen, okay?“, rief er ihm aufgeregt zu.

So schnell er konnte, hastete der Junge zum Büro von Frau Kindt. Frau Kindt, die Schulsekretärin, wusste bei jeder Art von Verletzung, Kummer oder kleineren Wehwehchen Rat. Doch heute hatte Emilio keine Zeit, mit ihr zu plaudern. Er musste immerzu daran denken, wie Josh sich sein schmerzendes Handgelenk gehalten hatte. Also nahm er nur schnell ein Coolpack entgegen und lief zurück in die Sporthalle.

Josh saß inzwischen auf einer Bank und blickte trübsinnig auf den Boden. Emilio gab ihm das Coolpack und versuchte, ihn aufzumuntern:

„Als ich mit Breakdance angefangen habe, bin ich oft hingefallen“.

Langsam hob sich Joshs Blick.

„Danke“, stammelte er leise.

Emilio war sich nicht sicher, ob er sich nur für das Coolpack bedankte.

Herr Richter trommelte die Schülerinnen und Schüler der 3C zusammen, die in der Zwischenzeit weiter ihren Tanz geübt hatten oder - wie einige Mitschüler - Joshs Missgeschick nachahmten.

„Merkt euch die Bewegungen, die ihr euch ausgedacht habt, den Tanz üben wir nachher noch weiter. Jetzt möchte ich mit euch erstmal über etwas reden, was ich hier heute beobachtet habe.“

Die Klasse wurde ganz still, als sie den ernsten Tonfall ihres Lehrers bemerkte.

„Ich habe gehört, dass einige Schüler unter euch Emilio ausgelacht haben, weil sie ihn für ‚schwach‘ hielten.“

Sein Blick haftete kurz auf Josh, Lenny und Nils.

„Ich habe aber etwas ganz Anderes erlebt: Auf der einen Seite ist da ein Schüler, der freundlich zu seinen Mitschülern ist, der gesehen hat, dass Hilfe benötigt wurde und nicht gezögert hat, zu helfen, obwohl es sich nicht um einen Freund von ihm gehandelt hat. Und auf der anderen Seite waren Schüler, die andere ausgelacht haben, entweder weil sie scheinbar ‚schwächer‘ waren oder weil sie sich getraut haben, etwas Neues auszuprobieren, was dann nicht geklappt hat – Schüler, die nicht bemerkt haben, dass es Anderen nicht gut geht. Und jetzt frage ich euch: Wer davon ist stark?“

Als niemand antwortete, fuhr Herr Richter fort:

„Die wirklich wichtige Stärke hat nämlich nichts mit körperlicher Kraft zu tun. Schlau sein, um die Ecke denken, zu sich und seinen Gefühlen stehen, Menschen helfen, aufmerksam sein, vergeben können, sich eigene Fehler eingestehen, ... – DAS ist stark. Fällt euch noch was ein?“

Es war inzwischen mucksmäuschenstill in der Turnhalle. Die meisten Kinder starrten auf ihre Füße, als gäbe es weit und breit nichts Interessanteres als die Knoten ihrer Schnürsenkel. Nach einer kurzen Pause meldete sich Josh und murmelte:

„Sich zu entschuldigen ist auch stark, oder? Tut mir leid, Emilio.“

Ein Murmeln ging durch die Klasse. Viele der Kinder nutzten die Gelegenheit, um sich auch bei Emilio oder Josh zu entschuldigen. Herr Richter lächelte:

„Na, ich merke schon: Hier gibt es doch eine Menge starker Kinder!“

Den Rest der Stunde verbrachte die Klasse damit, gemeinsam ihren Tanz abzuändern und wie in einem Theaterstück kleine Szenen einzubauen. Am Ende der Stunde hatten sie einen tollen Tanz ausgetüftelt: Schüler fielen dramatisch gespielt zu Boden und wurden elegant von ihren hilfsbereiten Mittänzern hochgezogen. Kleine Schüler, die in der Mitte kaum zur Geltung kamen, wurden von Größeren hochgehoben und schließlich nach vorne getragen, sodass alle Kinder immer gleich gut sichtbar waren.

Herr Richter war ganz begeistert von dem Theater-Tanz-Stück der 3C. Mit einem breiten Lächeln im Gesicht lobte er am Ende der Stunde:

„Na, das führen wir unbedingt beim nächsten Schulfest auf! Das ist echt ein starkes Stück!“

„Ein Mensch ohne **FANTASIE**

ist wie ein Vogel ohne Flügel."

– Wilhelm Raabe –

Eine fantastische Reise

Leander war ein Morgenmuffel. An normalen Tagen drehte er sich morgens noch drei, vier oder fünf Mal um, bevor sein großer Bruder ihm schließlich endgültig die Decke wegzog. Und wenn er dann einmal aufgestanden war, brachte er bis nach dem Frühstück kaum ein Wort über die Lippen. Genau wie seine Augen, die er früh am Morgen höchstens halb öffnen konnte, schien auch sein Mund noch müde zu sein und einfach keine Wörter ausspucken zu wollen. Aber manchmal gab es auch andere Tage. Tage, an denen Leander bereits beim Aufwachen wusste:

Heute wird ein guter Tag!

So ein Tag war heute. Statt von dem schrillen Klingeln des Weckers, wurde er von warmen Sonnenstrahlen geweckt, die seine Nase kitzelten. Ein paar winzige Staubkörner tanzten im goldenen Sonnenlicht. Und plötzlich fiel es ihm wieder ein: Er hatte Herbstferien!

Wahrscheinlich waren seine Eltern schon längst aus dem Haus – die beiden hatten nämlich wieder einmal nicht das Glück gehabt, in den Herbstferien der Kinder auch Urlaub zu bekommen.

Leander war inzwischen 10 Jahre alt und konnte längst alleine auf seine kleinen Geschwister Elias und Lilli aufpassen. Doch seine Eltern hatten darauf bestanden, dass sein großer Bruder Max auf die Kinder aufpasste.

Und bei Problemen konnten sie auch immer bei ihrer Nachbarin Birgit klingeln.

Aber natürlich gab es keine Probleme. Max war schon 17 Jahre alt. Wenn er zu Hause war, verbrachte er daher die meiste Zeit über seinen Schulbüchern, um für die kommende Abiturprüfung zu büffeln. Für Leander war es ein Rätsel, warum Max selbst in den Herbstferien freiwillig lernte. Trotzdem sorgte er dafür, dass sein großer Bruder seine Ruhe hatte – einen großen Bruder mit schlechter Laune konnte schließlich niemand gebrauchen.

Also spielte Leander jeden Tag mit dem achtjährigen Elias und dem sechsjährigen Nesthäkchen Lilli. Obwohl Lilli die Jüngste der vier Geschwister war, konnte sie es nicht leiden, wenn jemand sie „die Kleine" nannte. Schließlich ging sie seit diesem Jahr in die Schule und hatte immer die abenteuerlichsten Ideen.

Auch heute war es Lilli, die als erste eine Idee hatte, wie sie den Tag verbringen konnten.

„Lass uns Boot fahren!", schlug sie aufgeregt vor.

„Wo willst du denn hier Boot fahren? Dir ist schon klar, dass wir weder ein Boot, noch einen Fluss in der Nähe haben?“, wies Leander seine kleine Schwester zurecht.

Lilli verdrehte die Augen.

„Du redest ja schon wie die Erwachsenen! Kommt mit, wenn ihr euch traut, dann zeig ich's euch.“

Neugierig machten die drei kleinen Geschwister sich kurze Zeit später auf den Weg, während Max seufzend sein Mathebuch aufschlug.

Allen voran hüpfte Lilli durch die bunte Herbstlandschaft. Die farbenfrohen Blätter wirbelten im Wind von den Bäumen herab und die goldenen Sonnenstrahlen ließen die Bäume in den schönsten Herbstfarben leuchten.

Als die Kinder bei dem kleinen Bach, der hinter ihrem Haus entlang floss, angelangt waren, verkündete Lilli:

„So, da sind wir!“

Leander und Elias blickten einander verwirrt an:

„Auf so einem Bach kann doch kein Mensch Boot fahren?“, versuchte Elias seine Schwester vorsichtig zur Vernunft zu bringen.

Aber sie ließ sich nicht beirren:

„Ein Bach fließt doch irgendwann in einen Fluss und ein Fluss ins Meer, also sind wir hier sozusagen am Meer! Und jetzt macht euch bereit für die große Reise!“

Umständlich kramte sie in den riesigen Taschen ihres viel zu großen, bunten Lieblingskleides. Ihre Brüder staunten nicht schlecht, als sie ein knallrot bemaltes Papierschiffchen hervorzauberte, an dem sie noch ein großes Taschentuch-Segel befestigt hatte. Aus der anderen Tasche fischte sie eine Hand voll kleiner Figuren. Elias suchte sich den Polizisten aus, Leander beschloss, dass ein Feuerwehrmann auf einer großen Bootstour sicherlich auch nützlich sein konnte und Lilli entschied sich – wie hätte es anders sein können – für den Piraten mit der Augenklappe.

„Alle Mann an Bord!“, rief der Feuerwehrmann laut und kletterte in das große Segelboot. Auch der Polizist hüpfte elegant hinein, dicht gefolgt von dem Piraten.

Und dann ging es los: Als das Boot ablegte, schwappten gewaltige Wellen ins Innere. Das große Abenteuer hatte begonnen. Der Feuerwehrmann machte sich schnell daran, das Wasser im Boot mit einem Schlauch zurück ins Große Meer zu leiten und der Pirat hielt Ausschau nach anderen Booten. Nur der Polizist lag eine Weile entspannt auf dem Rücken und betrachtete die riesigen Gewächse, die in weiter Ferne am Ufer entlang zogen.

Doch kurz darauf nahm seine Entspannung ein plötzliches Ende: Das Boot schoss durch eine Stromschnelle, das Wasser tobte und das Boot neigte sich gefährlich zur Seite. Die Passagiere stolperten übereinander. Das reißende, rauschende Wasser spritzte so hoch, dass sich ein gewaltiger Schwall Wasser über alle ergoss.

Die Lage war gefährlich! Schnell verlagerten alle Passagiere ihr Gewicht auf die andere Seite des Bootes. Sie mussten jetzt höllisch aufpassen, dass das Boot wieder ins Gleichgewicht kam – puh, endlich lag es wieder sicher auf dem wilden Gewässer.

„Das war knapp“, erkannte der Polizist außer Atem.

Bis zu den Knien standen alle im Wasser, aber was noch viel schlimmer war: Der Boden des Bootes schien allmählich undicht zu werden.

Als sie endlich wieder das Wasser aus ihrem Boot gepumpt hatten, kam eine neue Gefahr auf die ungewöhnliche Gruppe zu:

Vom Himmel fiel ein riesiges Etwas! Womöglich würde dieses Etwas das Boot zum Sinken bringen! Erschrocken beobachteten die Drei, wie sich der Himmel verdunkelte. Egal, wie schnell sie jetzt segelten – diesem monströsen Ding konnten sie nicht entkommen! Doch was dann geschah, überraschte alle an Bord: Das Etwas legte sich sanft wie eine Decke über ihre Köpfe. Durch die rot-orangene Decke schimmerte das Licht der Sonne. Als sich alle wieder befreit hatten, war dem Feuerwehrmann sofort klar: Was auch immer das war, sie könnten es zum Stopfen der Löcher ihres Bootes benutzen!

Nachdem sie die ersten Abenteuer ihrer Reise überstanden und das Boot repariert hatten, konnten die Drei eine Weile unbeschwert weiter segeln. Immer abwechselnd dachten sie sich Seemannslieder aus und sangen in den schiefsten Tönen von ihrer Abenteuerreise und ihrer großen Freiheit auf dem Großen Meer.

Doch plötzlich bemerkte der Pirat etwas Ungewöhnliches, als er durch sein Fernglas schaute. Dort drüben, am weit entfernten Ufer mit den riesigen Gewächsen, tauchte etwas noch viel Größeres auf: ein Riese. Mit seinen unendlich langen Armen und den riesigen Händen könnte der Riese ihr Boot mit einer einfachen Handbewegung versenken! Aber zum Glück schien er das nicht vorzuhaben. Stattdessen fuchtelte er wild mit seinen Armen und rief:

„Leander! Elias! Lilli!“

Die Kinder waren so in ihr Abenteuer vertieft, dass sie Farouk, der am Bachufer stand und winkte, gar nicht bemerkt hatten.

Farouk ging in Leanders Klasse. Leander hatte seinen Freund schon seit über einer Woche nicht mehr gesehen, da er – wie die meisten anderen Kinder – in den Ferien mit seiner Familie weggefahren war. Leander und seine Geschwister kannten das schon: Sie gehörten meistens zu den wenigen, die fast nie verreisten.

„Wie waren deine Ferien?“, begrüßte er seinen Freund aufgeregt.

Farouk war mit seiner Familie nach Italien ans Meer gereist, sicherlich hatte er tausend spannende Geschichten zu erzählen!

Farouks Miene verdunkelte sich.

„Langweilig, wie immer“, grummelte er.

„Ich war schon in Spanien, Frankreich und sogar schon in Ägypten und was ist das einzige, was ich gesehen habe? Strand, Hotels und Touristen. Ich bin schon froh, wenn die Schule wieder anfängt, da erlebe ich wenigstens etwas.“

Leander staunte. Er hatte sich immer ausgemalt, wie toll es sein müsste, fremde Sprachen zu hören, neue Orte zu entdecken und am Ende die spannendsten Urlaubsgeschichten erzählen zu können.

„Was macht ihr denn?“, fragte Farouk neugierig.

„Eine Abenteuerreise auf dem Großen Meer!“, erzählte Lilli stolz.

„Kann ich mitmachen?“, wollte der Junge wissen.

„Klar!“, riefen die Kinder im Chor.

Und so verbrachten die Vier den Rest des Tages damit, sich aus gefährlichen Stromschnellen zu retten, gegen wilde Riesenkäfer zu kämpfen und ein Abenteuer nach dem anderen zu erleben - an dem spannendsten aller Orte: ihrer Phantasie.

„Niemand weiß, was er **KANN**,

bis er es **PROBIERT** hat."

– Publilius Syrus –

Tourrumpel macht Theater

Heute war wieder einer dieser Tage: Jannis wurde nach der Schule von seiner Mutter mit dem Auto abgeholt. Eigentlich war er inzwischen längst groß und mutig genug, den kurzen Schulweg ohne seine Mutter alleine nach Hause zu gehen.

Zum Glück wohnte sein bester Freund Felix direkt gegenüber, so dass die beiden jeden Morgen gemeinsam zur Schule und mittags wieder zusammen nach Hause laufen konnten.

Doch an manchen Tagen musste Felix alleine nach Hause gehen, denn Jannis hatte mal wieder einen Arzttermin.

Jannis kannte das schon: die vollen Wartezimmer, in denen sie so lange warten mussten, die Ärzte in den weißen Kitteln, die ihm viele komische Fragen stellten, und die kleinen Spielzeuge oder Süßigkeiten, die er meistens am Ende geschenkt bekam. Heute fuhren sie zu einem Arzt, der ihm in den Kopf schauen wollte. Zuerst hatte Jannis sich ganz schön erschrocken, als er das gehört hatte. Doch seine Mama hatte ihn beruhigt und erklärt, dass es Geräte gab, die das konnten ohne ihm dabei weh zu tun.

Mit einem Lächeln hatte sie hinzugefügt:

„Keine Sorge, deine Gedanken kann man dabei nicht sehen. Wir wollen nur sichergehen, dass es wirklich nur der kleine Tourrumpel ist, der in deinem Kopf sein Unwesen treibt."

Tourrumpel war ein winziger, launischer Zwerg, der in Jannis Kopf lebte. Manchmal trampelte er herum, dann bekam Jannis Kopfschmerzen. Aber vor allem bemerkte er Tourrumpel, wenn der mal wieder Quatsch machte. Dann brachte er Jannis dazu, Bewegungen oder Geräusche zu machen, die er eigentlich gar nicht machen wollte.

„Tics" nannte man das, was der Zwerg da in Jannis Gehirn veranstaltete, hatte ihm ein Arzt erklärt. Und eigentlich war es auch gar kein Zwerg, der für die Tics verantwortlich war, sondern eine Krankheit, die Tourette hieß.

Zum Glück war das keine Krankheit, die Schmerzen machte oder gefährlich werden konnte. Deswegen hatte Jannis sich schnell mit dem Gedanken angefreundet, dass ein kleiner Zwerg in seinem Kopf herum rumpelte – Tourrumpel eben.

Der heutige Arztbesuch verlief so wie die vorherigen auch: Eine Ärztin stellte Jannis Fragen dazu, wann und wie er Tourrumpel bemerkte.

Manchmal meldete sich der freche Zwerg auch selbst zu Wort und sorgte dafür, dass Jannis laut „He!“ rief oder mit den Augen blinzelte.

Die Ärztin machte sich Notizen und wollte sich danach mit ihrem In-den-Kopf-Gucker selbst ein Bild von dem kleinen Mitbewohner in Jannis Kopf machen. Ein bisschen enttäuscht war Jannis schon, als sie ihm das Bild danach zeigte: Weit und breit war darauf kein Zwerg zu sehen.

Doch die Ärztin war zufrieden. Mit Jannis Kopf war alles in Ordnung, nur dass er eben Tourette hatte. Tourrumpel würde also noch weiter in Jannis Kopf wohnen – das war okay. Wer von den anderen Kindern konnte schon behaupten, einen kleinen, frechen Zwerg im Kopf zu haben?

Auch wenn Jannis seine Krankheit eigentlich gar nicht schlimm fand, gab es trotzdem diese Momente, in denen er sich wünschte, so zu sein wie die anderen Kinder. Schon am nächsten Tag in der Schule gab es einen solchen Moment: Direkt in der ersten Stunde erzählte seine Klassenlehrerin, dass die Theatergruppe bei der Einschulung der neuen Erstklässler ihr Theaterstück aufführen sollte. Alle Kinder redeten durcheinander. Fast die ganze Klasse war in der Theatergruppe, die dieses Jahr an Jannis Schule neu gegründet wurde.

Auch Jannis ging regelmäßig zu den Treffen. Er hatte sogar eine Hauptrolle: Er spielte einen Löwen! Bisher war ihm allerdings nicht klar gewesen, dass das Stück auch aufgeführt werden sollte – mit Scheinwerfern und Publikum und allem Drum und Dran!

Natürlich freute er sich darauf, seinen Eltern das Stück zeigen zu können! Doch er musste auch sofort an Tourrumpel denken: Was, wenn der freche Zwerg ihm den Auftritt kaputt machen würde? Was, wenn Jannis unpassende Bewegungen oder Geräusche machte, während alle Blicke auf ihn gerichtet waren?

Er überlegte hin und her. In der Klasse

wussten inzwischen alle von seiner Krankheit.

Seine Mutter hatte es vor einigen Wochen seiner Klassenlehrerin erzählt und die hatte mit den Kindern darüber geredet. Seitdem lachte ihn niemand mehr aus, wenn er das Gesicht verzog oder aus Versehen im Unterricht mit der Zunge schnalzte.

Im Gegenteil: Alle wollten Genaueres zu Tourrumpel, dem vorlauten Zwerg, wissen.

Doch bei der Aufführung würde nicht nur seine Klasse zuschauen. Eltern, Geschwister, Lehrer, Schüler und die neuen Erstklässler würden in der großen Aula sitzen und gespannt auf das Stück warten – und mittendrin wären Jannis und Tourrumpel.

Als es zur großen Pause klingelte, wartete Jannis, bis die meisten aus dem Klassenraum gestürmt waren. Dann ging er zu seiner Klassenlehrerin, die die Kinder Thea nennen durften, auch wenn inzwischen natürlich jeder wusste, dass sie Frau Terra hieß und man Lehrer eigentlich siezte.

Doch Thea war da anders: Sie hatte ihren Schülern von Anfang an gesagt, dass sie sie immer Thea nennen können. In Jannis Klasse war Thea sehr beliebt. Sie hatte immer ein offenes Ohr für ihre Schüler. Auch in den Pausen unterhielt sie sich oft lange mit Kindern, die ein Problem hatten, während die anderen Lehrer im Lehrerzimmer verschwanden.

Wenn ein Kind mit ihr reden wollte, schob Thea ihr buntes Tuch von ihren Ohren zur Seite, damit sie noch besser zuhören konnte. Vielleicht bemerkte sie das selbst nicht einmal, aber Jannis konnte so immer erkennen, ob sie gerade ein wichtiges Gespräch führte.

Heute war es ein schönes, blau-grünes Tuch, das, zu einer Rolle gedreht, Theas kurze Stoppelhaare schmückte.

Als Jannis zu reden begann, schob sie das Tuch sofort von ihren Ohren und sah ihn aufmerksam an.

„Natürlich kannst du bei der Aufführung mitmachen, Jannis! Beim Theater passiert immer irgendetwas, was eigentlich anders geplant war. Und auch bei unserem Stück kann das sein: Vielleicht verspricht sich Felix, Lara vergisst ihren Text oder Yasin stolpert – wer weiß? Zwar hat nicht jedes Kind einen Tourrumpel im Kopf, trotzdem kann so etwas jedem passieren. Im Theater gibt es keine Fehler.

Im Theater geht es nur darum, in seiner Rolle zu bleiben und alles, was passiert, so anzunehmen und in das Stück mit einzubeziehen. Das ist die Kunst des Theaters."

Jannis spürte das ihm inzwischen gut bekannte Kribbeln, das einen Tic ankündigte, und kurz darauf zuckte sein Arm. Thea lächelte und fügte hinzu:

„Tourrumpel kann uns sogar helfen! Wenn er sich in den Proben zu Wort meldet, können wir alle gleich üben, wie wir reagieren, wenn etwas nicht nach Plan läuft!"

Thea hatte Jannis beruhigt und auch seine Freunde machten ihm Mut:

„Jan-nis kan-nes!", riefen sie zu Beginn der

Proben manchmal, wenn er wieder einmal Bedenken äußerte. Als dann nach einigen Wochen der Tag der Aufführung gekommen war, zitterten seine Knie. Aufgeregt linste er durch den Vorhang. In der Aula füllten sich langsam alle Plätze. Jannis wischte seine verschwitzten Hände an seinem Löwenkostüm ab. Sein Kopf war leer, kein einziger Satz seines Textes fiel ihm ein.

Nur Tourrumpel war da und machte Theater: Er brachte den Jungen dazu, mit der Zunge zu schnalzen, das Gesicht zu verziehen und mit den Armen zu zucken. Jannis kannte den kleinen Zwerg inzwischen gut und wusste: Je aufgeregter er selbst war, desto mehr ließ sich Tourrumpel einfallen. Und Jannis war aufgeregt. Jannis war sogar sehr aufgeregt.

Dann kam der große Moment: Der Löwe Jannis betrat die Bühne. Das Publikum brach in lautes Gelächter aus, als der große, starke Löwe ein hohes Quietschen von sich gab. Jannis war froh, als ihm klar wurde, dass jeder glaubte, die Geräusche würden zum Stück gehören.

Er spürte, wie sein Lampenfieber langsam nachließ. Und auch Tourrumpel wurde ruhiger.

Erst ganz am Ende, als das Stück vorbei war, ließ der freche Zwerg es sich nicht nehmen, Jannis plötzlich in die Hände klatschen zu lassen. Lachend begann das Publikum ebenfalls zu klatschen.

Die ganze Theatergruppe verbeugte sich unter tosendem Applaus und begeisterten Rufen mehrmals auf der Bühne – und mittendrin ein freudestrahlender Löwe namens Jannis und ein kleiner, vorlauter Zwerg namens Tourrumpel.

„Wenn das **LEBEN** dir Zitronen gibt, mach Limonade draus."

– Dale Carnegie –

Die Melodie im Sturm

Kai starrte schweigend aus dem Autofenster. „Ist doch nicht schlimm, der andere Junge war einfach stärker. Wenn du weiter trainierst, wirst du mindestens genauso stark!“, versuchte seine Mutter ihn aufzuheitern. Kai antwortete nicht. Seine Gedanken kreisten noch immer um den verlorenen Judo-Wettkampf. Wie hatte das nur passieren können, dass er bereits in der ersten Runde ausgeschieden war? Seinen Traum, in seiner Alters- und Gewichtsklasse Sieger zu werden, konnte er jetzt vergessen. Wahrscheinlich feierte gerade irgendein Samuel oder Timmy oder wie die anderen Jungs alle hießen, gegen die er noch hätte kämpfen sollen, seinen Sieg.

„Was willst du denn heute zu Abend essen?“, holte die Stimme seines Vaters Kai aus seinen Gedanken. Er wusste zwar, dass seine Eltern es nur gut meinten, er konnte jedoch gerade beim besten Willen keinen Gedanken an das bevorstehende Abendessen verschwenden.

„Mir egal“, nuschelte er missmutig aus dem geöffneten Autofenster.

Als sie endlich bei der Ferienwohnung ankamen, rannte Kai sofort los. Zielstrebig lief er an dem Haus vorbei zur Nordsee. Seine Familie hatte das Glück gehabt, eine Ferienwohnung direkt am Strand zu finden. Deshalb durfte Kai auch alleine ans Meer gehen. Sobald das Essen fertig war, würden seine Eltern ihn einfach durchs Fenster rufen.

Heute nutzte er die Gelegenheit, um allein sein zu können. Er war so in seine traurigen Gedanken vertieft, dass er sogar die schönen bunten Muscheln keines Blickes würdigte, die er sonst immer aufhob und sorgfältig in seine kleine Schatztruhe einsortierte.

Stattdessen hob er wahllos ein paar Steine auf und warf sie mit all seiner Kraft ins Meer. Sofort verschwanden sie in den tosenden Wellen.

Es war ein besonders stürmischer Tag. Die Wellen türmten sich hoch auf und stürzten mit einem lauten Knall auf den Strand. Die Wolken am Himmel verdichteten sich zunehmend zu einer dicken Wolkenschicht. Der Wind pfiff laut in Kais Ohren und trotzdem hörte er plötzlich etwas: Eine fröhliche Melodie bahnte sich ihren Weg durch das laute Toben der Natur und durch seine fest zugeschnürte Kapuze hindurch direkt zu seinem Ohr und in seine Gedanken.

Er vergaß seine Wut und seine Trauer über den verlorenen Wettkampf und schaute sich um. Woher kam diese zarte Stimme, die mitten im Sturm so eine schöne Melodie summte?

Erstaunt beobachtete Kai eine alte Frau, die ein Stück entfernt von Stein zu Stein hüpfte. Sie trug knallgelbe Gummistiefel und eine leuchtend rote Regenjacke mit weißen Punkten. Ihre weißen Haare waren zu dem längsten Zopf geflochten, den Kai je gesehen hatte. In der Hand hielt sie einen Kescher, so wie Kai einen hatte. Aber im Gegensatz zu ihm benutzte die Frau ihn nicht, um Fische zu fangen, sondern um ihr Gleichgewicht zu halten, während sie von Stein zu Stein sprang.

Einige Male war der Wind so stark, dass Jona dachte, die kleine, schlanke Frau würde weggepustet werden, aber sie schwang schnell ihren Kescher und stützte sich so ab, dass sie wieder einen sicheren Stand hatte.

Und während all dieser leichtfüßigen Sprünge und des Spiels mit dem Wind summte sie wunderschöne Lieder, die Kai noch nie gehört hatte.

Er konnte gar nicht anders: Langsam näherte er sich der Frau, die ihn noch gar nicht bemerkt hatte. Erst als sie sich umdrehte, um Stein für Stein zurück zum Strand zu springen, fiel er ihr auf. Als sie auf dem letzten Stein angekommen war, stieß sie den Stiel ihres Keschers in den Boden, hielt sich daran fest und schwang sich daran entlang und von der Kraft des Winds angetrieben direkt vor Kais Füße.

„Was treibt dich denn bei so einem Wetter hier an den Strand, min Jung?", fragte sie Kai.

Irgendetwas in ihrer warmen, herzlichen Stimme, die eben noch die fröhliche Melodie gesummt hatte, sagte Kai, dass er ihr vertrauen konnte.

Und so erzählte er: davon, dass seine Familie wegen seines Wettkampfs extra für eine Woche an die Nordsee gefahren war. Davon, wie stolz alle auf ihn gewesen waren, als sie die Einladung für diesen wichtigen Judo-Wettkampf im Briefkasten gefunden hatten. Und davon, wie er haushoch gegen seinen Gegner verloren hatte und damit natürlich für die weiteren Kämpfe ausgeschieden war. Das leichte Grummeln im Himmel, das ein Gewitter ankündigte, untermalte Kais Gefühle.

Die Frau schaute Kai ruhig an. Als er fertig erzählt hatte, schwieg sie einen Moment. Doch anders als Kais Eltern versuchte sie gar nicht, ihn zu beruhigen oder abzulenken.

Stattdessen murmelte sie nur:

„Verstehe. Verstehe."

Und dann begann sie, ihre Geschichte zu erzählen:

„Ich wohne schon mein ganzes Leben hier am Meer. Früher habe ich mit meinem Mann jeden Tag mehrere Stunden am Strand verbracht, ganz egal, wie das Wetter war. Er war nämlich Seemann, er hat das Meer geliebt. Er hatte die abenteuerlichsten Geschichten auf Lager, sag ich dir!"

Kai entdeckte ein Funkeln in ihren Augen, als die alte Frau von ihrem Mann erzählte. Vielleicht waren es aber auch Tränen, da war er sich nicht sicher, denn sie erzählte weiter, dass ihr Mann vor einem Jahr gestorben war.

„Nach seinem Tod bin ich weiter jeden Tag ans Meer gegangen und habe an ihn gedacht.

Und eines Tages muss ich irgendwo an diesem Strand seinen Ehering verloren haben, den ich immer als Glücksbringer bei mir getragen hatte. Zuerst war ich einfach nur traurig. Dann war ich wütend auf mich selbst, dass ich nicht gut genug darauf aufgepasst habe.

Jeden Tag habe ich den Strand abgesucht und das Meer angefleht, mir den Ring zurückzugeben.

Die Tage wurden zu Wochen, die Wochen zu Monaten und jeden Tag war ich traurig, dass ich dieses wichtige Andenken wohl für immer verloren hatte.

Aber irgendwann habe ich angefangen, bei meinem Suchen andere Schätze zu finden. Bunte Muscheln, schöne Steine und sogar Bernstein! Und besonders nach Stürmen werden hier manchmal Gegenstände von den Schiffen da draußen angespült. Ich habe so schon ein Fernglas gefunden. Und einen Kompass. Und Taue liegen oft in den Seealgen verschlungen am Strand. Weißt du, was ich da verstanden habe?"

Kai schüttelte den Kopf.

„Ich habe verstanden, dass ich, wenn ich raus auf das Meer schaue und all die Dinge wertschätze, die es mir vor die Füße spült – Dinge, die von den Schiffen und Abenteuern da draußen erzählen –, meinem Mann viel näher sein kann als durch einen Ring."

Kai dachte nach. Warum erzählte die Frau ihm das alles?

„Also war es gar nicht so schlimm, den Ring zu verlieren?", fragte er schließlich nach.

War es das, was sie ihm damit sagen wollte?

Die Frau schwieg einen Moment und rieb sich ihre runzelige Stirn, bevor sie antwortete:

„Ich glaube, es war das Beste, was mir hätte passieren können. Ich habe dadurch erst verstanden, dass das Leben, trotz des Verlusts meines Mannes und des Eherings, noch tolle Dinge für mich an Land spült, wenn ich nur die Augen offen halte."

Über dem Meer formten sich die Wolken inzwischen zu einer Art dunklen Turm, der sich langsam, aber sicher näherte. Plötzlich kam Kai ein verrückter Gedanke:

„Vielleicht werden alle Dinge, die wir verlieren, und alle Momente, in denen wir verlieren und traurig sind, von einer Art Sturmwirbel aufgesaugt, wie von einem riesigen Staubsauger, und dabei ordentlich durchgewirbelt. Und am Ende, nach dem Sturm, wird uns dann etwas Neues vor die Füße gepustet, was sich daraus geformt hat."

Die alte Frau lachte.

„Guck mal, da oben wird doch gerade dein Judo-Kampf verwirbelt, oder?"

Jetzt musste auch Kai zum ersten Mal an diesem Tag lachen. Auch wenn ihm klar war, dass sie nur einen Spaß gemacht hatte, sah er jetzt ein Wolkengebilde, das tatsächlich aussah wie ein langer, dunkler Judogürtel, der sich auflöste und in Kreise und Schnörkel umformte. Als er die alte Frau darauf aufmerksam machen wollte, war von ihr weit und breit nichts mehr zu sehen. Nur eine fröhliche Melodie glaubte Kai in weiter Ferne noch zu hören.

Mit einem Lächeln rannte er summend vorbei an den Schätzen des Strandes, hoch zu seiner Familie, die ihn bereits erwartete.

„Du bist **TAPFERER** als du glaubst, **STÄRKER** als es scheint und **SCHLAUER** als du denkst."

– Alan Alexander Milne (Pu der Bär) –

Das Leuchten in Dir

Tick, tack, tick, tack. Unerbittlich bewegte sich der kleine Zeiger auf der Uhr weiter, Sekunde für Sekunde, Minute für Minute. Bereits seit einer Stunde lag Luca nun schon wach im Bett und konnte einfach nicht einschlafen. Immer wieder ging er in Gedanken den Schultag durch. Es war der erste Tag nach den Sommerferien gewesen und einiges hatte sich geändert. Einiges, was sich – wenn jemand Luca gefragt hätte – nicht hätte ändern müssen. Doch Luca war nicht gefragt worden und so kam es, dass seine kleine Klasse aufgelöst und die Kinder auf die übrigen Klassen verteilt wurden.

Tick, tack, tick, tack, tick, tack. Noch nie hatte Luca das Ticken seines Weckers als so laut wahrgenommen.

Der morgige Schultag rückte immer näher. Morgen sollten alle Kinder der Klasse etwas Persönliches von sich erzählen, um einander besser kennenzulernen. Viele der anderen Kinder hatten sofort gewusst, was sie erzählen oder sogar vorführen wollten.

Emily wollte ein paar schwierige Tricks mit dem Fußball zeigen, Justin wollte eine Kostprobe seiner neuen Rap-Künste zum Besten geben und Azra freute sich darauf, den Anderen ihre

Mitbringsel von den spannenden Märkten aus ihrem Urlaub in Istanbul zu zeigen.

Und Luca? Fieberhaft hatte er überlegt, was es über ihn zu berichten gab. Dass er als einziges Kind weit und breit Spaghetti essen konnte, ohne sich zu bekleckern?

Wohl kaum. Ihm wollte einfach nichts Spannendes einfallen und so hatte er sich mit einem unguten Gefühl im Bauch abends ins Bett gelegt.

Schlick, schlack, schlick, schlack. Verwundert öffnete Luca seine Augen, als er bemerkte, dass das Ticken seines Weckers sich verändert hatte. Erschrocken stellte er fest, dass er nicht in seinem Bett lag. Im Gegenteil: er stand. Besser gesagt, er schien irgendwo festzustecken und jedes Mal, wenn er sich bewegte, hörte er das schmatzende Schlickschlack des Schlamms.

Doch bevor Luca Angst bekommen oder sich

ernsthaft über seine Situation hätte wundern können, tauchte plötzlich ein kleines Wesen auf, das ihn an ein Glühwürmchen erinnerte.

„Hallo Luca“, hörte er eine leise, sanfte Stimme.

„Hab keine Angst. Ich bin ein Fee – und zu deinem Glück ein äußerst hilfsbereiter Fee“.

Luca staunte.

„Eine Fee?“, stammelte er ungläubig.

„Neinneinneinneinnein!“, empörte sich das Wesen.

„Nicht einE Fee! Ich bin ein männlicher Fee. Es ist ein Jammer: Die meisten Menschen glauben nicht einmal, dass es Feen überhaupt gibt und die wenigen, die es tun, halten uns für weiblich. Dabei gibt es uns doch auch! Uns Männerfeen!“, empörte sich der Fee, während er ununterbrochen um Lucas Kopf schwirrte.

„Luca, weißt du eigentlich, dass dein Name ‚der Leuchtende‘ bedeutet? Wie mir scheint, hast du ganz vergessen, dass auch du von innen heraus leuchten kannst. Wie ich sehe, steckst du im Gewohnheitssumpf fest. Sieh zu, dass du da schnell hinaus kommst und pass bloß auf, dass die Angst-Algen dich nicht noch weiter hinunter ziehen! Glaub mir, es lohnt sich: Am Ende findest du einen Schatz. Der Weg dorthin ist zwar nicht gerade leicht, das gebe ich zu, aber du weißt ja: Einfach leuchten, lieber Luca!"

„Aber ich kann das doch gar nicht!", rief Luca entrüstet, doch der Fee war bereits in der Dunkelheit verschwunden.

Scheinbar blieb ihm nichts anderes übrig, als sich seinen Weg aus dem Sumpf zu suchen. Schon bald bemerkte Luca die Algen, von denen der Fee gesprochen hatte: Sie wickelten sich um seine Beine und bei jeder Berührung mit den kalten Angst-Algen schoss ihm der Satz

„Ich kann nicht" in den Kopf.

Mühsam kämpfte er sich durch den Schlamm vorwärts.

Jede einzelne Alge und jeden damit einhergehenden Ich-kann-nicht-Gedanken schüttelte er so schnell er konnte ab, immerhin wollte er einen Schatz finden. Und einen Schatz kann man schließlich unmöglich finden, wenn der Kopf von Ich-Kann-Nicht-Gedanken vernebelt ist.

Nach einer Weile bemerkte er, dass es um ihn herum ein wenig heller geworden war. Ob er tatsächlich zu leuchten begonnen hatte, wie der Fee behauptet hatte?

Zu seiner Freude entdeckte er durch den hellen Schein auch ganz in der Nähe das Ufer.

„Gut gemacht“, hörte er die zufriedene Stimme des Fees, sobald er festen Boden unter den Füßen hatte.

„Als nächstes wartet das Tal der Träume auf

dich. Das sollte eine deiner leichtesten Übungen sein. Alles was du tun musst, ist einen alten Traum auszugraben und ganz fest daran zu glauben, dass er wahr werden kann“, erklärte der Fee.

„Aber ich kann das ni-“, Luca verstummte.

Der Fee war verschwunden, bevor Luca den Satz beenden konnte.

Als Luca in dem Tal, das von hohen Bergen umgeben war, ankam, entdeckte er einen Hügel mit frisch aufgewühlter Erde, in dem eine Schaufel steckte. Stück für Stück trug er den Erd-Berg ab, konnte jedoch einfach nichts finden.

Fieberhaft überlegte er, welchen Traum der Fee gemeint haben könnte. Klar, als er klein war, hatte er jedem erzählt, dass er Sänger werden wollte, aber das konnte hier unmöglich gemeint sein. Schließlich hatte er inzwischen eingesehen, dass er einfach nicht gut genug singen konnte. Umso mehr staunte er, als er mit seiner Schaufel auf etwas Hartes stieß, das sich als Mikrofon entpuppte.

Und jetzt? Nichts passierte. Er müsste an den Traum glauben, hatte der Fee gesagt.

Unsicher schaute Luca sich um. Er wollte sicher gehen, dass er wirklich alleine war.

Und dann sang er. Die Töne hallten durch die Dunkelheit und zauberten ihm ein Lächeln ins Gesicht: Es klang gar nicht übel. Wenn er weiter üben würde, könnte er vielleicht doch noch Sänger werden?

„Ich wusste doch, dass du es schaffst“, hörte Luca plötzlich die leise Stimme des Fees neben sich.

„Als nächstes wartet der Pfalsch-Pfad auf dich. Du findest ihn, wenn du keine Angst davor hast, einen Fehler zu machen.“

„Wie finde ich ihn denn? Ich kann das n- …“

Doch der Fee war wieder bereits über alle Berge.

Wo konnte dieser geheimnisvolle Pfalsch-Pfad nur liegen? Wenn Luca jetzt die falsche Richtung einschlug, würde er den Schatz womöglich nie finden! Weil stehenbleiben jedoch auch keine Option war, lief er einfach drauf los direkt auf einen der Berge zu. Und tatsächlich: Mit einem dumpfen Grummeln bewegte dieser sich zur Seite, sodass Luca bequem daran vorbei schreiten konnte. Als der Junge sich umschaute, bemerkte er, dass seine Fußspuren einen schmalen Pfad bildeten. Offensichtlich war sein eigener Weg der richtige gewesen.

„Jetzt bist du fast am Ziel“, ertönte plötzlich die ihm inzwischen vertraute Stimme des Fees.

„Du musst nur noch die Trau-Dich-Treppe erklimmen.“

Luca blickte auf die hohen Stufen, die vor ihm lagen und rief:

„Ich kann das ...“,

doch das „nicht“ wollte einfach nicht aus seinem Mund kommen. Ihm wurde klar, wie viel er auf seiner Reise bereits ganz alleine geschafft hatte und plötzlich wusste er:

“Ich kann das!” Mutig kletterte er Stufe für Stufe immer weiter nach oben. Er konnte bereits ein orangenes Leuchten am oberen Ende der Treppe sehen! Was musste das nur für ein toller Schatz sein!

Die Morgensonne leuchtete mit ihren orangenen Strahlen direkt in Lucas Zimmer, als ihn seine Mutter weckte. Erschrocken riss er seine Augen auf:

Wenn alles nur ein Traum gewesen war, würde er nie erfahren, welcher Schatz auf ihn gewartet hatte! Doch plötzlich bemerkte er, dass sich etwas in ihm verändert hatte. Die Angst war weg! Er war sich sicher, dass seine Selbstvorstellung spannend werden würde – weil er eben auch ein spannender Junge war! Lächelnd sang er vor sich hin, während er sich für die Schule fertig machte.

Als Luca an der Reihe war, vor die Klasse zu treten, schauten ihn alle erwartungsvoll an.

„Ich erzähle euch heute eine Geschichte, die auch irgendwie meine Geschichte ist", begann er.

Und dann erzählte er: Von einem kleinen Männer-Fee, vom Gewohnheitssumpf und Angst-Algen, vom Tal der Träume, dem Pfalsch-Pfad und der Trau-Dich-Treppe.

Und natürlich von dem Schatz: Dem Gefühl, gut so zu sein, wie man ist. Die Klasse applaudierte.

„Ich wusste gar nicht, dass du dir so spannende Geschichten ausdenken und erzählen kannst!“, staunte Azra. Luca grinste.

Dass er all das wirklich erlebt hatte, sollte vorerst sein Geheimnis bleiben.

„Wer ins kalte Wasser springt, taucht in ein Meer voller **MÖGLICHKEITEN**."

– Finnisches Sprichwort –

Hanno hat Heimweh

Als Hanno leise die Stalltür hinter sich schloss, zog ihm sofort der angenehme Geruch von Heu und warmem Pferdefell in die Nase. Heute konnte er sich jedoch nicht daran erfreuen. Heute war er nicht gekommen, um Elise, das alte Shetlandpony, zu striegeln oder den Stall auszumisten. Nicht einmal auf's

Reiten hatte er Lust.

Heute war er in den kleinen Stall mit den zwei Ponys geschlichen, um allein zu sein. Allein mit Elise und Akira, die genüsslich schmatzend ihr frisches Heu verspeisten. Hanno vergrub seine kalten Finger in Elises warmer Mähne. Das Pony hob seinen Kopf und sah ihm mit seinen großen, braunen Augen direkt ins Gesicht. Leise schnaubend schnupperte das Tier Hannos Gesicht ab, während ihm die Tränen über die Wangen kullerten.

„Weißt du Elise, ich wollte ja unbedingt hier meine Ferien verbringen, wirklich. Und ich mag dich und all die anderen Tiere hier so gerne. Flora und Jens sind auch super. Trotzdem vermisse ich mein Zuhause. Meine Mama. Meinen Papa. Sogar meine große Schwester Lotta fehlt mir, obwohl die wirklich eine Meisterin darin ist, mich zu ärgern."

Der kleine, schlanke Körper des Jungens begann zu beben. Hanno schluchzte. Er vergrub sein Gesicht am Hals der geduldigen Elise. Seine kinnlangen, blonden Haare vermischten sich mit der braunen Mähne des Ponys.

Nachdem er einen Moment an das Tier gekuschelt dagestanden und seinen Gefühlen freien Lauf gelassen hatte, beruhigte er sich langsam.

Leise fuhr er fort:

„Ich weiß nicht, was ich jetzt machen soll, Elise. Mama und Papa können mich nicht einfach abholen, die müssen arbeiten. Ich wollte ja unbedingt herkommen, alleine."

Elise spitzte ein Ohr, als sich schwere Schritte näherten. Schnell duckte Hanno sich hinter einen Heuballen, um von draußen nicht gesehen werden zu können.

Die Schritte wurden langsamer und waren schließlich nicht mehr zu hören.

„Na ihr beiden? Ihr wollt doch bestimmt gleich

noch mit auf eine Weide kommen, oder?", hörte Hanno die sanfte Stimme des Bauern Jens.

Jens war ein großer, kräftiger Mann mit – wie Hanno fand – riesigen Händen, die von Schwielen übersäht waren.

Jens stand jeden Morgen noch vor dem ersten Hahnenschrei auf und versorgte die Tiere, während seine Frau Flora das Frühstück für die Kinder vorbereitete, die hier ihre Ferien verbrachten.

Hanno mochte die beiden. Jens redete nicht viel, aber dafür tat er umso mehr. Er versorgte die Tiere im Stall und trieb sie auf die Weiden, er zeigte den Kindern das Melken der Kühe und fuhr mit ihnen mit dem Traktor hinaus auf die Felder. Einmal hatte er Hanno sogar erlaubt, den Traktor auf einem Acker alleine zu lenken!

Und wenn eine Kinderschar im Anhänger des Traktors ausgelassen zu singen begann, grinste Jens nur verschmitzt.

Seine Frau Flora kümmerte sich auf dem Hof um die herumlaufenden Katzen, Hühner, Schafe und Schweine. Vor allem aber zeigte sie den Kindern, wie man eigene Marmelade einkochte oder leckeren Kuchen mit frischen Früchten backte. Oftmals naschte sie mit den Kindern bereits fast die Hälfte des Obsts, bevor sie den Rest gemeinsam auf einen Kuchen retteten. Abends kam sie immer noch für eine ganze Weile in das Zimmer der Kinder und las ihnen Geschichten vor.

Hanno hatte schon damals gewusst, dass er hier Ferien machen wollte, als er mit seiner Familie einen Ausflug zum Hof gemacht hatte und sie allerlei Leckereien in dem kleinen Hofladen gekauft hatten. Doch damals hatte er auch nicht ahnen können, dass er Heimweh bekommen würde.

Vorsichtig blinzelte Hanno hinter seinem Heuballen hervor. Er sah die großen, schlammverschmierten Gummistiefel des Bauern in der Tür stehen.

Behutsam tätschelte Jens die Köpfe von Elise und Akira. Er wollte gerade wieder gehen, als er die blonden Haare bemerkte, die hinter einem der Heuballen hervorragten.

„Nanu", brummte die tiefe Stimme des Bauern verwundert,

„Nanu, seit wann haben Heuballen Haare?"

Hanno musste lächeln und trat hervor.

„Oh, hallo Hanno! Was machst du denn hier ganz alleine?", fragte Jens.

„Ach, ich ... Ich wollte nur einmal allein sein", stammelte der Junge.

Der Bauer nickte verständnisvoll.

„Soll ich wieder gehen?", wollte er von Hanno wissen.

Der Junge überlegte kurz. Aus irgendeinem Grund hatte er das Gefühl, Jens alles erzählen zu wollen. Er schüttelte den Kopf.

„Hast du Lust, Elise und Akira mit mir auf die Weide zu bringen?“, schlug der große, starke Mann mit der sanften Stimme dem blonden Jungen vor.

Hanno begann, Elise das Halfter anzulegen. In den letzten zwei Tagen, die er hier auf dem Hof verbracht hatte, hatte er bereits viele Dinge gelernt, so auch den richtigen Umgang mit Pferden. Akira war schreckhafter als die alte Elise, deswegen ließ er sie meistens lieber in Ruhe. Doch Jens hatte mit ein paar gekonnten Handgriffen auch Akira schnell das Halfter angelegt und es konnte losgehen.

Schweigend gingen die Vier vom Hof, schweigend näherten sie sich der Weide mit dem frischen, grünen Gras. Nur das Klackern der Hufe und das leise Schnauben der Pferde war zu hören.

Kurz bevor sie die Weide erreichten, hielt

Hanno es nicht länger aus:

„Ich habe Heimweh!", gestand er dem Bauern.

Sofort schossen ihm Tränen in die Augen, sodass er alles nur noch verschwommen sehen konnte. Zum Glück hatte er Elise an seiner Seite, die hier jeden Stein im Schlaf kannte.

„Oje!", antworte der Bauer und schaute nachdenklich auf die saftige grüne Wiese, die vor ihm lag.

Jens und Hanno entfernten die Stricke von ihren Pferden und entließen die beiden auf die Weide.

Statt sofort den Rückweg anzutreten, setzte sich Jens einfach auf den Boden. Mit dem Rücken lehnte er sich an den schmalen Stamm des einzigen Apfelbaums, der auf der Wiese stand. Mit einer Handbewegung lud er den Jungen ein, sich neben ihn zu setzen.

„Den Apfelbaum hier", riss Jens den Jungen plötzlich aus seinen trüben Gedanken.

„Den Apfelbaum hat niemand gepflanzt. Ich erinnere mich noch genau, wie ich vor vielen Jahren die Pferde auf die Weide gebracht und dabei ein winziges Bäumchen entdeckt habe, das mir noch nie aufgefallen war. Vielleicht hatten die Pferde einen Apfelkern unter ihren Hufen hergebracht, ich weiß es nicht. Und dieses kleine Apfelkernchen ist dann in die Erde eingedrungen. Kann sein, dass die Pferde durch ihr Scharren auch selbst Erde über den Kern gekratzt haben. Der kleine Kern war jedenfalls endlich wieder in der sicheren Erde gelandet. Hier hätte er bleiben können, klar: Hier war er vor den Huftritten der Pferde und vor weiteren unfreiwilligen Reisen in den Ritzen der Hufe sicher. Aber wenn der kleine Apfelkern für immer nur in der Erde geblieben wäre, wäre er irgendwann einfach verkümmert. Niemand hätte von seiner Reise erfahren. Wenn er einfach in der sicheren Erde geblieben wäre, wäre aus ihm nie ein Bäumchen geworden, das das Licht der Sonne, den Wind und den Regen wahrnehmen kann. Dann hätte das Bäumchen nie zu einem großen Baum heranwachsen können, unter dem die Pferde im Sommer Schatten finden. Und auf den leckeren Apfelkuchen von Flora müssten wir dann auch verzichten."

Jens grinste wieder auf diese verschmitzte Weise, die Hanno schon kannte und an ihm mochte.

Im ersten Moment fragte Hanno sich, warum der große, starke - und eigentlich eher wortkarge - Bauer von einem winzigen Apfelkern zu reden begonnen hatte.

Doch dann hatte Hanno verstanden:

Er selbst war wie der Apfelkern. Er könnte immer in seinem sicheren Zuhause bleiben. Dann würde er aber auch nicht viel Neues erleben und entdecken können.

Der Junge stand auf und sah den Baum an, der inzwischen sogar schon größer war als die Pferde, die den Kern vor langer Zeit hergebracht hatten.

Und plötzlich war er sich sicher: Auch er wollte hier auf dem tollen Hof noch ganz viel Neues erleben und genau wie der Baum über sich hinauswachsen. Er wollte reiten, Kartoffeln ernten, Traktor fahren, Kühe melken, Katzen kuscheln und die anderen Kinder noch besser kennenlernen.

Schweigend, und mit einem zufriedenen Lächeln im Gesicht kehrten Hanno und Jens zum Hof zurück, wo ihnen der Duft von warmem Apfelkuchen in die Nase stieg.

„Der einzige Weg, einen **FREUND** zu haben, ist einer zu sein."

– Ralph Waldo Emerson –

Paul kommt auf den Hund

Wir müssen dir etwas sagen", so hatte vor drei Wochen das Gespräch begonnen, das Paul am liebsten aus seinem Gedächtnis streichen würde.

Seine Eltern wollten sich trennen, hatten sie an diesem Tag am Mittagstisch verkündet. Und danach ging plötzlich alles ganz schnell.

Paul zog mit seinem Vater in eine Wohnung im Nachbarort und musste die Schule wechseln, konnte an den Wochenenden aber Zeit mit seiner Mutter oder seinen Schulfreunden verbringen.

Doch Paul hatte gar keine Lust, seine Mutter zu besuchen. Seine Mutter liebte nämlich schon jemand anderen: Ausgerechnet eine Frau. Aber eigentlich war es Paul auch egal, wer jetzt an der Seite seiner Mutter war. Er war sauer auf sie, weil sie seinen Vater so schnell vergessen hatte. Er war sauer auf seinen Vater, der so tat, als sei alles wie immer, obwohl doch alles anders war. Vor allem aber war Paul eins: Allein.

Paul vermisste seine Freunde, seine Mutter und sein ganzes altes Leben.

In seiner neuen Schule versuchte er, so wenig wie möglich mit den anderen Kindern zu reden. Er hatte das Gefühl, neue Freunde zu finden, wäre ein Verrat an seinen alten Freunden. Also verbrachte Paul die Pausen allein auf dem Schulhof und versuchte, die anderen Kinder nicht zu beachten. Er wollte sie gar nicht erst nett finden.

Eigentlich hatte die Sache nur ein Gutes: Er wohnte jetzt in der Nähe eines Tierheims.

Nach der Schule machte er oft einen Abstecher dorthin. Hier hatte er Ruhe vor seinen Problemen, ohne allein zu sein. Natürlich kannte er inzwischen auch die Leute, die dort arbeiteten. Jenny ließ ihn immer in den Katzenraum, wenn er Lust hatte, die Katzen zu streicheln und mit Lars war er schon einige Male spazieren gewesen, wenn er zwei oder drei der Hunde ausführte. So gern Paul alle Tiere auch mochte: Bei niemandem fühlte er sich so wohl wie bei Pepe.

Pepe war ein rumänischer Straßenhund. In Rumänien hatte er sich von Essensresten oder dem ein oder anderen Kleintier ernährt.

Das Leben dort war zwar nicht einfach gewesen, aber er hatte Freunde gehabt. Er war mit vier anderen Hunden durch die Straßen gezogen und hatte immer nach etwas zu essen oder einem Schlafplatz Ausschau gehalten.

Doch eines Tages waren Menschen von einer Tierschutzorganisation aufgetaucht und hatten den Hund mit nach Deutschland gebracht, wo er bald an eine Familie vermittelt worden war.

Hier hatte er ein warmes Körbchen, regelmäßiges Essen und eine Familie.

Jedoch bereits nach wenigen Monaten hatte sein Glück ein Ende. Sein Frauchen hatte eine Tierhaarallergie entwickelt, die immer stärker wurde. Schweren Herzens beschloss die Familie, Pepe ins Tierheim zu geben. Auch wenn es hier viele andere Hunde gab, die sich mal laut bellend, mal leise fiepend miteinander unterhielten, fühlte Pepe sich allein.

Für den Hund waren die Tage, an denen Paul ihn besuchte, ein echter Lichtblick. Der Junge setzte sich zu ihm und redete liebevoll mit ihm. Obwohl Pepe die Menschensprache natürlich nicht perfekt beherrschte, spürte er, dass er diesem Jungen vertrauen konnte. Pepe hatte die Gabe, dass er am Geruch eines Menschen erkennen konnte, ob er diesem Menschen vertrauen konnte oder nicht.

Paul verbrachte viel Zeit mit Pepe. Er wusste nicht, woran es lag, doch von Pepe fühlte er sich verstanden wie von niemand anderem auf der Welt.

Paul kam immer regelmäßiger und irgendwann sogar täglich, um seinem neuen Freund von seinem Tag und seinen Problemen zu erzählen. Wenn Paul redete, legte Pepe den Kopf schief und hörte aufmerksam zu. Immer öfter bat Paul Lars, ob sie mit Pepe spazieren gehen könnten und Lars tat ihm den Gefallen.

Er hatte bemerkt, dass zwischen dem Jungen und Pepe eine besondere Freundschaft entstanden war.

Heute gingen Lars und Paul das erste Mal ohne andere Hunde mit Pepe spazieren.

„Damit ihr zwei euch noch besser kennenlernt", hatte Lars zu Pauls Freude erklärt.

Auf dem Weg in den Park erzählte ihm Lars Pepes Geschichte.

Und plötzlich wusste Paul, warum er sich bei Pepe so verstanden fühlte. Es war dieser kleine Funke Traurigkeit in seinem Blick, das Gefühl der Einsamkeit, was die beiden verband. Nur wenn sie gemeinsam unterwegs waren, war davon nichts zu spüren. Unbeschwert tollten sie über die Wiese im Park, spielten und rauften, rannten und kuschelten.

Lars mochte es, den beiden einfach nur zuzuschauen.

„Sag mal, Paul, meinst du nicht, du könntest Pepe adoptieren? Ihr beide seid doch ein Herz und eine Seele!“, sprach er schließlich aus, was er schon lange gedacht hatte.

Aufgeregt und nachdenklich lief Paul an diesem Tag nach Hause. Was wohl sein Vater zu dieser Idee sagen würde?

Als er zu Hause ankam, sprudelten die Worte nur so aus ihm heraus. Sein Vater hörte aufmerksam zu. Er bemerkte ein Funkeln in Pauls Augen, das er schon sehr lange nicht mehr gesehen hatte.

Sie überlegten hin und her, ob ihre Wohnung groß genug sei, wer mit dem Hund mehrmals am Tag rausgehen würde und ob ein Hund im Büro wohl erlaubt wäre, falls Pepe am Anfang nicht allein zu Hause bleiben wollte, während Paul in der Schule war.

„Lass mich noch eine Nacht drüber schlafen,

okay?“, beendete sein Vater schließlich das Gespräch.

In dieser Nacht konnte Paul vor Aufregung kaum schlafen. Zum Glück war der nächste Tag ein Samstag, sodass er morgens noch länger im Bett bleiben konnte – dachte er zumindest.

Doch anstatt gemütlich ausschlafen zu können, wurde er von einem lauten Klopfen an seiner Zimmertür geweckt:

„Aufstehen, Pepe wartet!“, rief sein Vater.

Paul war sofort hellwach und sprang aus dem Bett.

Gemeinsam suchten sie in einer Tierhandlung noch das gemütlichste Körbchen, die schönste Leine und den größten Fressnapf aus und machten sich dann auf den Weg zum Tierheim.

Lars strahlte, als er Paul mit seinem Vater kommen sah. Die beiden Erwachsenen redeten und redeten, aber das war Paul egal: Er hatte nur Augen für Pepe, seinen neuen flauschigen Freund, Mitbewohner und Bruder.

Lars erklärte den beiden noch, dass sie unbedingt eine Hundeschule besuchen sollten und bei Fragen jederzeit vorbei kommen könnten.

Und dann war es so weit: Pepe zog bei Paul ein.

Paul stellte schnell fest, dass man bei Spaziergängen mit einem Hund oft mit Menschen ins Gespräch kam. Er lernte seine Nachbarn kennen und traf sogar Klassenkameraden im Park. Immer wenn Pepe einen Menschen schwanzwedelnd begrüßte, wusste Paul, dass der Mensch in Ordnung war.

So lernte Paul, anderen Menschen wieder zu vertrauen.

Auch Pepe lernte nach und nach neue Freunde kennen. Manche Hunde traf er fast täglich im Park zum Spielen.

Auch Pauls Vater wurde ein guter Freund. Es war ein schönes Bild, wenn der große, schwere Mann mit dem kleinen Fellknäuel auf dem Boden herumtollte.

Als Paul sich schließlich mit Pepe als Beistand entschied, nun doch die neue Freundin seiner Mutter kennenlernen zu wollen, war Pepe sofort klar: Auch die beiden Frauen konnte er gut riechen!

Paul beobachtete skeptisch, wie die neue Freundin seiner Mutter ausgelassen mit Pepe Stöckchen spielte. Zwischendurch lief Pepe zu ihm, als wollte er sagen:

„Spiel mit! Ich verspreche dir, die Frau ist in Ordnung, dass weiß ich auf den ersten Riecher. Gib ihr 'ne Chance!"

Paul blieb also eigentlich gar nichts anderes mehr übrig, als mitzuspielen.

Seitdem verbrachte er die Wochenenden gerne bei seiner Mutter und ihrer Freundin.

Und auch in der Schule fühlte Paul sich langsam wohl. Er hatte verstanden, dass er seine alten Freunde behalten und trotzdem neue Freunde finden konnte. Pepe freute sich schließlich auch über jeden neuen Freund.

So vergingen die Tage. Der Sommer kam – und auch in Pauls und Pepes Leben schien Tag für Tag immer mehr Licht.

„Die Fähigkeit, das Wort **NEIN** auszusprechen, ist der erste Schritt zur **FREIHEIT**."

- Nicolas Chamfort -

(K)ein bisschen anders

Otto wohnte in einem kleinen Haus am Ende der Talstraße. Über den großen Balkon des Hauses rankten Blumen und Girlanden, den Gartenzaun hatte er gemeinsam mit seiner Mutter Türkis angestrichen und im Garten gab es sogar einen kleinen Spielplatz. Otto mochte sein Zuhause. Zu gerne hätte er es jemandem gezeigt. Doch leider hatte Otto keinen einzigen richtigen Freund.

Meist lachten die Kinder in der Schule über ihn und riefen:

„Du Otto!", um ihn zu beleidigen.

Dass Otto pummeliger war als die anderen Kinder in seiner Klasse, erleichterte die Suche nach Freunden nicht gerade.

Eines Tages hielt ein riesengroßer Umzugswagen direkt vor Ottos Zimmerfenster.

Natürlich schaute er sofort nach – hier auf dem Land passierte normalerweise, außer dem Vorbeifahren des Milchmanns am Morgen oder dem Tratschen der Nachbarn am Gartenzaun, nicht viel.

Gespannt beobachtete Otto, wie sich die Türen öffneten. Zuerst schwangen sich zwei Beine aus dem Wagen, bevor schließlich ein Mann mit einem eleganten Sprung aus dem hohen Wagen hüpfte. Auch auf der Fahrerseite öffnete sich die Tür und eine kleine, schlanke Frau glitt langsam und wie auf einer Rutsche von dem hohen Sitz herunter auf die Straße.

Doch noch außergewöhnlicher als dieser spektakuläre Auftritt, war für Otto etwas Anderes: Er konnte sich nicht daran erinnern, je einen Menschen mit so dunkler Haut und so aufwendigen Frisuren gesehen zu haben. Die Haare der Frau waren zu unzähligen kleinen Zöpfchen geflochten, die mit bunten Perlen verziert waren.

Die Haare des Mannes waren kürzer und wirkten ebenfalls wie kleine Zöpfchen, doch Otto konnte erkennen, dass sie nicht geflochten, sondern verfilzt waren.

Aufgeregt lief Otto nach unten:

„Die neuen Nachbarn sind da! Wollen wir ihnen Hallo sagen?“, fragte er seine Mutter, die gerade Gemüse klein schnippelte.

Als die beiden zur Tür herauskamen, bemerkte Otto sofort etwas, das sein Herz höher schlagen ließ.

Inzwischen war auch ein Junge ausgestiegen, der in Ottos Alter zu sein schien! Im Gegensatz zu seinen Eltern trug er seine Haare offen. Die schwarzen Locken standen weit von seinem Kopf ab, stellte Otto interessiert fest.

Die Eltern des fremden Jungen stellten sich sofort freundlich lächelnd vor, doch Otto hörte kaum zu. Er konnte immerzu nur daran denken, vielleicht bald einen Freund zu haben.

Der Junge zwinkerte Otto zu, während sich die Erwachsenen unterhielten und stellte sich direkt neben ihn.

„Ich bin Keynan", flüsterte er ihm zu.

„Ich bin Otto", antwortete Otto.

Keynans Eltern erzählten, dass sie bislang in Berlin gewohnt hatten und jetzt Landluft schnuppern wollten.

Während die Erwachsenen weiter plauderten, zeigte Otto Keynan den Spielplatz mit der großen Schaukel in seinem Garten.

In den nächsten Wochen verbrachten die beiden viel Zeit miteinander. Sie spielten zusammen im Garten, richteten Keynans Zimmer ein und gingen gemeinsam zur Schule.

Keynan ging zwar nicht in Ottos Klasse, doch immerhin hatten sie den gleichen Schulweg. Wenn einer der beiden früher Schulschluss hatte, wartete er auf den anderen.

Keynan war ganz anders als die Kinder in Ottos Klasse. In all den Wochen hatte er kein einziges schlechtes, gehässiges oder gar verletzendes Wort aus seinem Mund gehört. Nicht einmal dann, wenn er stundenlang an seinen Hausaufgaben sitzen musste, schimpfte er.

Als die Kinder an seinem ersten Schultag an der neuen Schule heimlich geflüstert und teilweise sogar mit dem Finger auf ihn gezeigt hatten, war Keynan einfach auf sie zugegangen und hatte gefragt, ob sie zusammen spielen wollen. Otto war verblüfft darüber, wie leicht Keynan Freunde fand. Bereits nach einer Woche hatte sich ein richtiges Grüppchen gebildet, das in den Pausen gemeinsam spielte. Mitten drin war natürlich Keynan – und mit ihm sein neuer bester Freund Otto.

Durch Keynan änderte sich für Otto viel in der Schule. Er war endlich nicht mehr allein. Auch wenn er in seiner Klasse immer noch keine richtigen Freunde hatte, bemerkten die Kinder, dass er Anschluss gefunden hatte.

Deshalb ließen sie ihn fortan in Ruhe. Doch heute war wieder einer dieser Tage, an dem Otto im Sportunterricht ausgelacht wurde, weil er es einfach nicht schaffte, so schnell wie die anderen zu rennen.

Nach dem Sportunterricht wartete Keynan

bereits vor der Sporthalle auf Otto. Als er dessen bedrückten Gesichtsausdruck sah, war Ottos Wut vergessen.

„Was ist los?“, fragten sich die Jungen gleichzeitig, sobald sie aufeinandertrafen.

Keynan rückte zuerst mit der Sprache heraus:

„Irgendwie ist hier alles anders als in Berlin. Mir gefällt es hier ja und ich bin froh, schon Freunde gefunden zu haben, aber ...”, der Junge machte eine Pause,

„... irgendwie habe ich oft das Gefühl, hier nicht her zugehören. Ich werde ständig gefragt, woher ich komme. Klar, das ist ja auch interessant. Wenn ich dann aber „aus Berlin“ sage, werde ich angeschaut, als würde ich lügen oder ihre Frage nicht richtig verstehen. Dabei komme ich doch wirklich aus Berlin!“

Keynan kickte einen Kieselstein vor sich

her, während er weiter erzählte:

„Und immer wieder kommt ‚die Hand'!"

„Die Hand?", fragte Otto verwundert.

„Ja, manche Leute fassen einfach meine Haare an. Als wäre ich ein Plüschtier! Letztens im Bus hat mir eine Frau von hinten einfach in die Haare gefasst, ohne zu fragen! ich habe mich total erschrocken!", erklärte der Junge.

„Keynan, da musst du doch etwas sagen!", empörte sich Otto.

„Ach, sagt der, der sich von den anderen beschimpfen und auslachen lässt!", entgegnete Keynan schnippisch.

Offenbar hatte Otto einen wunden Punkt getroffen. Doch durch die Bemerkung fiel es auch Otto plötzlich auf.

Keynan hatte recht! Er konnte sich nicht daran erinnern, jemals etwas erwidert zu haben, wenn Kinder gemein zu ihm gewesen waren.

Einen Moment lang gingen die Jungen

schweigend nebeneinander her.

„Lass uns einen Pakt schließen!", rief Keynan plötzlich so laut, dass der in Gedanken versunkene Otto aufschrak.

„Wir versprechen uns gegenseitig, dass wir in Zukunft in solchen Momenten Nein sagen! Egal ob der andere dabei ist oder nicht. Wir müssen natürlich schwören, dass wir immer ehrlich sind. Und wer den Pakt bricht, der ...",

Keynan überlegte. Nichts, was ihm einfiel, erschien ihm Strafe genug für das Brechen eines so wichtigen Freundschaftspakts.

„... der muss drei Tage lang nur Spinatsuppe essen!", schlug Otto vor.

Keynan schüttelte es. Er hasste Spinat. Und Suppen. Spinatsuppe musste absolut abscheulich schmecken. Dass auch Otto Spinat und Suppen nicht mochte, war eine der vielen Gemeinsamkeiten der beiden.

Die Kinder besiegelten ihren Pakt mit einer

Handschlag-Box-Dreh-Hüpf-Kombination und einem feierlichen Schwur.

In den folgenden Tagen und Wochen gab es oft Momente, an denen die Kinder an ihren Pakt und die drohenden Teller voller Spinatsuppe denken mussten.

Manchmal, wenn ein Kind auf dem Schulhof Otto einen gemeinen Spruch zuwarf, spürte er Keynans bohrenden Blick, bis er sich traute, etwas zu sagen.

Die anderen Kinder staunten nicht schlecht, als Otto ihnen plötzlich seine Meinung sagte.

Überrascht stellte Otto fest, dass die Sprüche immer weniger wurden und seine Freunde immer mehr.

Und Keynan? Der sagte so manches Mal beim Einkaufen, im Bus oder auf der Straße:

„Stopp!“, wenn sich ihm ungefragt „die Hand” näherte.

Und als eine neue Lehrerin ihn dreimal

fragte, wo er denn WIRKLICH herkomme, antwortete er einfach:

„Aus Berlin, aus Berlin und immer noch aus Berlin. Was ist daran denn eigentlich so schwer zu verstehen?"

Otto hatte sich vor Lachen kaum eingekriegt, als Keynan ihm davon erzählte.

So kam es, dass die beiden Jungen sich angewöhnten, „Nein!“ und „Stopp!“ zu sagen.

Denn auch wenn die beiden ein bisschen anders aussahen als andere, waren sie eben trotzdem kein bisschen anders als du und ich. Sie waren nur eins: Genau richtig.

„Ich verliere nie. Entweder ich **GEWINNE** oder ich **LERNE**."

– Nelson Mandela –

Tommy tobt

Mit einer einzigen Handbewegung wischte Tommy alle Figuren vom Mensch-Ärgere-Dich-Nicht-Spielfeld. Es war bereits die zweite Runde, die er an diesem verregneten Sonntagnachmittag mit seiner Familie spielte.

Alle saßen sie am großen Esstisch: Papa Björn, Mama Claudia und Oma Britta.

Die erste Runde hatte Spaß gemacht: Er hatte eine sechs nach der anderen gewürfelt und am Ende das Spiel gewonnen. Oma Britta hatte eine Revanche gefordert.

Und dieses Mal war einfach der Wurm drin. Tommy würfelte alles, nur keine Sechsen. Selbst als er schließlich wieder eine Glückssträhne hatte, war es zu spät. Siegessicher brachte Oma Britta ihre letzte Figur ins Ziel, bevor Tommy sie rausschmeißen konnte.

Und dann geschah etwas, das Tommy inzwischen schon kannte: Ein Gefühl, das alle guten Gedanken sofort vertrieb, kroch in ihm hoch. Er spürte, wie sich seine Hände zu Fäusten ballten. Er wollte einfach nur noch schreien, stampfen, um sich schlagen.

Wütend fegte er mit der Hand alle Spielfiguren vom Spielbrett und rannte aus dem Zimmer, bevor er Schlimmeres anrichten konnte.

Es war die unbeschreibliche, unaussprechliche Wut, die in solchen Momenten in ihm hochkroch. Erst vertrieb sie still und heimlich seine guten Gedanken, dann spürte er diese Hitze durch seinen Körper dringen.

Doch dann kam das Schlimmste. Er fühlte sich wie eingeengt, als müsste er sich befreien; als könnten nur wilde Schläge ihn von diesem erdrückenden Gefühl befreien.

Und erst dann, wenn Bücher durchs Zimmer geflogen waren, seine Fäuste schmerzten oder Spielzeug zerstört war, wurde er langsam wieder ruhiger.

Auch in der Schule war er schon durch seine Wutausbrüche auffällig geworden. Zweimal war er bereits von Frau Rust aus dem Unterricht geholt worden.

Frau Rust war keine richtige Lehrerin und trotzdem kannte jeder die Frau mit den wilden Locken und dem lauten Lachen. Sie hatte einen

Raum in der Schule, den sie schön eingerichtet hatte. Hier gab es Regale voller Bücher und Spiele, gemütliche Sessel und eine Boxecke.

In der Boxecke lagen weiche Matten auf dem Boden und in der Mitte hing ein großer, schwerer Boxsack, an dem die meiste Zeit zwei knallrote Boxhandschuhe baumelten.

Nur wenn Tommy mal wieder tobte, hingen sie dort nicht. Dann reichte Frau Rust ihm die Handschuhe schweigend, noch während er den Raum betrat. Tommy kannte das schon: Wenn er hier war, konnte er alles rauslassen. All die Hitze aus seinem Körper lassen, sein Gefühl der Enge in der Brust freiboxen und dabei so laut schreien wie er wollte – bis irgendwann der erste gute Gedanke wieder Raum in seinem Kopf hatte.

Dann wusste er: Es war vorbei. Er hatte die Wut erfolgreich besiegt.

Frau Rust saß währenddessen in ihrem violetten Ohrensessel und wartete. Ganz egal, ob er nur ein paar Sekunden oder viele Minuten auf den Sandsack einschlagen musste. Frau Rust schien zu wissen, dass er sich früher oder später beruhigen und zu ihr kommen würde.

Sie saßen dann noch eine Weile beisammen, tranken Kakao und redeten über seine Wut.

Tommy mochte Frau Rust, die immer die richtigen Worte fand. Er mochte es, aus dem Pinguinbecher Kakao zu schlürfen und dabei in dem gemütlichen Ohrensessel zu versinken.

Doch zu Hause hatte Tommy keinen Boxsack und keine Frau Rust. Tommy wurde von einem Klopfen an seiner Zimmertür aus seinen Gedanken gerissen. Oma Britta kam herein.

„Ist's wieder gut?“, fragte sie den Jungen.

Wie jeder in der Familie kannte auch sie seine Wutausbrüche natürlich inzwischen. Schließlich lebte er bereits seit über zwei Jahren mit der Wut, die sich meistens irgendwo in ihm versteckte und jederzeit hochkochen konnte. Anfangs war das nur in besonderen Situationen passiert – wenn er etwas nicht bekam, was er wirklich, so richtig und unbedingt haben wollte zum Beispiel. Aber inzwischen reichte eben auch schon ein verlorenes Spiel aus.

Oma Britta saß eine Weile nachdenklich da und fragte ihn schließlich, wie er denn in der Schule in solchen Momenten reagieren würde.

Tommy erzählte von Frau Rust, dem Boxsack und den Pinguinbechern.

Plötzlich hatte seine Oma eine Idee.

„Wie wäre es, wenn wir dich in einem Boxclub anmelden? Dann könntest du ausprobieren, ob regelmäßiges Boxen auch gegen die Wut hilft – vorbeugend sozusagen“, überlegte sie.

Tommy war sich zwar nicht sicher, ob das klappen würde, aber ausprobieren konnte er es ja. Er dachte an das befreiende Gefühl, das immer stärker wurde, wenn er auf den Boxsack einschlug, bis es die Wut vertrieben hatte, und die Idee gefiel ihm immer besser.

Schon am nächsten Tag machte er sich mit Oma Britta auf den Weg in einen Boxclub, der auch Kindertraining anbot.

„Schade eigentlich, dass die Schnupperstunde heute nur für Kinder ist“, hatte Oma Britta verschmitzt gelächelt, während sie mit Tommy zusammen zur Haustür hinaus spazierte.

„Aber ich schicke einfach meinen besten Mann ins Training und der kann mir dann alles beibringen“, hatte sie gescherzt.

Tommy vergaß durch Oma Brittas Witze ganz seine Aufregung vor dem bevorstehenden Training.

Doch spätestens als sie die Halle betraten, rutschte ihm sein Herz in die Hose.

Er konnte den Schweiß der Kämpfer im Ring

förmlich riechen und von irgendwo ertönten angestrengte Kampfschreie. Sicherlich würde gleich ein riesiger Muskelprotz mit einem verschwitzten und voll tätowierten Oberkörper aus dem Ring springen, achtlos seinen Mundschutz ausspucken und sich mit bösartiger Miene als Trainer vorstellen.

Am liebsten wäre er wieder umgekehrt, doch Oma Britta schob ihn mit einer Hand auf seiner Schulter, und unentwegt fröhlich plappernd, weiter.

„Du musst Tommy sein, grüß dich! Mitsamt der bezaubernden Oma."

Ein freundlich lächelnder junger Mann rollte schnell mit einem Rollstuhl in die Richtung der beiden und machte eine elegante Vollbremsung vor ihnen.

„Ich bin Rico, dein Trainer", stellte er sich vor und steckte Tommy und seiner Oma die Faust zur Begrüßung hin.

Tommy staunte nicht schlecht. Mit einem Trainer, der im Rollstuhl saß, hatte er nun wirklich nicht gerechnet.

„Ich weiß was du denkst", fuhr der Mann grinsend fort.

„Wieso darf mein Trainer gemütlich sitzen, während ich hier gleich ins Schwitzen gerate. – Richtig?"

Er lachte laut auf.

„Spaß bei Seite. Wie du siehst, bin ich querschnittsgelähmt. Vor meinem Unfall war ich selbst Profi-Boxer, ich kenne also noch den ein oder anderen Trick. Und jetzt habe ich es mir zur Aufgabe gemacht, mein Insiderwissen an Jungs wie dich weiterzugeben", erklärte er.

„Ich merke schon, du bist in den besten Händen."

Oma Britta zwinkerte dem jungen Mann zu und verabschiedete sich.

„Was macht denn einen guten Boxkampf

aus?“, fragte Rico als erstes.

Das war einfach.

„Na, dass ich gewinne!“, rief Tommy.

„Falsch. Ein typischer Anfängerfehler. Das Wichtigste ist ein fairer Kampf. Boxen, das ist ein bisschen wie tanzen.“

Er lachte.

„Man muss ein Team sein, den anderen kennen und wertschätzen, führen und geführt werden. Wer nur aufs Gewinnen aus ist, verpasst das Beste: die Dynamik, die Spannung, den Spaß. Das wäre wie Tanzen ohne Musik. Irgendwie nicht Sinn der Sache.“

Nach einer kurzen Pause fügte er hinzu:

„Außerdem sind die Niederlagen viel wichtiger für dich als deine Siege.

Nur dadurch lernst du, deine Fehler zu erkennen und eine immer bessere Taktik zu entwickeln. Wollen wir loslegen?”

Am Boxsack erklärte Rico Tommy die wichtigsten Schlagtechniken: Jab, Cross, Hook und wie sie alle hießen. Tommy schwirrte der Kopf.

Doch vor allem spürte er die Kraft in seinen Schlägen. Es war, als könnte er mit jedem Schlag auch einen winzigen Teil seiner Wut aus ihrem Versteck locken und aus sich heraus befördern.

Tommy beschloss, regelmäßig herzukommen. Zweimal in der Woche trainierte er nun mit Rico bis ihm der Schweiß vom Körper tropfte, die Arme schmerzten und ein winziger Teil des Wutbergs am Boxsack klebte – plattgeschlagen von seinen kräftigen Schlägen.

Im Alltag bemerkte er, dass die Wut nach und nach immer mehr nachließ. Wenn er jetzt ein Spiel verlor, dachte er an Ricos Worte über das Verlieren, noch bevor die Wut hochkochen konnte. Und wenn sie dann doch kam, war sie geschwächt. Inzwischen hatte Tommy große Teile von ihr im Boxclub gelassen.

Und so kam es, dass Tommy beim Boxen lernte, seine unbeschreibliche, unaussprechliche Wut zu besiegen und das Verlieren zu schätzen.

„Das, was dich **ANDERS**

macht, macht dich

BESONDERS."

- unbekannt -

Prinzessin Jonah und der Gefühls-Luftballon

Der Donnerstag vor den großen Ferien war ein Tag, auf den sich Jonah jedes Jahr ganz besonders freute. Natürlich waren die kurz bevorstehenden Ferien allein schon Grund zur Freude: Mehrere Wochen am Stück keine Hausaufgaben machen zu müssen und nicht früh aufzustehen, das waren für alle

Kinder tolle Aussichten. Es gab noch einen weiteren Grund, warum Jonah und viele andere Kinder an seiner Schule sich jedes Jahr besonders auf diesen einen Tag freuten:

Es war Verkleidungstag!

Da die Kinder am Freitag nur noch ihre Zeugnisse erhielten und früh Schulschluss hatten, war der Verkleidungstag auf den Donnerstag vorverlegt worden: So konnte jedes Kind und jeder Lehrer einen ganzen Schultag in den verrücktesten Kostümen verbringen.

Jonah liebte es, in andere Rollen zu schlüpfen. Mittlerweile konnte er eine beachtliche Kostümsammlung sein Eigen nennen. Ob Pirat oder Polizist, Kürbis oder Cowboy, Hexe oder Hund – die schönsten Kostüme warteten in seinem Kleiderschrank darauf, von ihm angezogen zu werden. Im letzten Jahr war er als Pirat zum Verkleidungstag gegangen und hatte festgestellt, dass es allein schon in seiner Klasse noch drei andere Piraten gegeben hatte. Deswegen hatte er sich für dieses Jahr etwas ganz Besonderes ausgedacht.

Als der Junge am Donnerstagmorgen aufwachte, war es noch stockdunkel. Kein einziges Geräusch war in der Wohnung zu hören, selbst seine Eltern schienen noch zu schlafen. Jonah knipste das Licht an und schlich auf leisen Sohlen ins Bad. Lange betrachtete er seine schulterlangen Haare im Spiegel und überlegte, was er damit anstellen sollte. Seine Mutter könnte ihm bestimmt eine hübsche Frisur zaubern, aber ihm war es wichtig, heute alles selbst zu machen.

Nach einigen Versuchen gelang es ihm schließlich, sich zwei ordentliche Zöpfe zu binden. Er grinste sein Spiegelbild an. Heute würde mit Sicherheit niemand das gleiche

Kostüm tragen wie er. In einer Schublade fand er noch die Lidschatten-Palette seiner Mutter. Mit dem kleinen Pinsel malte er sich vorsichtig eine dicke Schicht pink glitzernde Farbe auf die Augenlider.

Zufrieden betrachtete er sein Werk im Spiegel. Natürlich durfte auch ein knalliger Lippenstift nicht fehlen und dann war alles perfekt.

Leise in sich hinein kichernd, hüpfte er zurück in sein Zimmer und schlüpfte in sein Kostüm: ein wunderschönes, blaues Prinzessinnenkleid.

Nachdem Jonah sich beim Frühstück immer und immer wieder vergewissert hatte, dass er die schönste Prinzessin war, die seine Eltern je gesehen hatten, war es endlich so weit:

Gemeinsam mit seinem Vater ging er in Richtung Schule. Schon als er das Klassenzimmer betrat, bemerkte er, dass niemand als Prinzessin verkleidet gekommen war. Aber anders als er gehofft hatte, lobte keiner sein tolles Kostüm, im Gegenteil: Die Kinder seiner Klasse begannen zu tuscheln und ihn auszulachen!

„Jonah ist ein Mädchen, Jonah ist ein Mädchen."

Immer lauter wurden die Rufe der Kinder im Klassenzimmer. Er spürte, wie ihm die Tränen in die Augen schossen. Wochenlang hatte er sich überlegt, welches Kostüm etwas Besonderes wäre. Sogar die Frisur und die Schminke hatte er alleine gemacht, aber das schien niemanden zu interessieren. Er spürte, wie die ersten Tränen über seine Wangen kullerten und von seinen schönen, glitzernden Lippen tropften. Schnell lief er auf die Toilette.

„Na, gehst du jetzt aufs Mädchenklo heulen?", hallten Alex Rufe noch in den Flur.

Schluchzend schloss Jonah sich in einer Kabine ein und hoffte darauf, dass der heutige

Tag schnell vorbei gehen würde.

Als er den Schultag endlich überstanden hatte, lief er so schnell er konnte seinem wartenden Vater in die Arme. Noch nie war er so froh gewesen, ihn zu sehen.

Heftig schluchzend begann Jonah von seinem schrecklichen Tag zu erzählen, während ihm die Tränen übers Gesicht strömten. Sein Vater hielt ihn fest im Arm und streichelte seine inzwischen pink glitzernden Wangen.

„Weißt du Jonah, auch wenn du es mir jetzt vielleicht nicht glauben kannst, aber es ist gut, anders zu sein als Andere", begann sein Vater schließlich in einer ruhigen Stimme zu erzählen.

„Schau doch mal!" und er deutete mit einem leichten Kopfnicken in die Richtung von drei vollkommen gleich aussehenden jungen Männern in Anzügen, die nach ihrer Mittagspause hastig zurück in ihre Büros eilten.

„Sie tragen die gleichen Anzüge, haben die gleichen Jobs und wahrscheinlich sogar ähnliche Hobbys – gehen in Edelrestaurants essen oder so.“

Er lachte kurz auf.

„Ich bin sicher, dass sie gut verdienen, schöne Häuser und Familien haben, und doch würde ich um nichts in der Welt mit ihnen tauschen wollen. Und weißt du auch warum?“

Der Vater schaute seinen Sohn erwartungsvoll an und wischte ihm dabei eine letzte Träne aus dem Gesicht.

„Das wäre dir doch bestimmt zu langweilig”, murmelte Jonah und lächelte.

Er kannte seinen Vater, der es liebte, als Gitarrist einer Band Menschen mit seiner Musik zu verzaubern und jeden Tag etwas Neues zu erleben.

„Ganz genau“, antwortete sein Vater sofort.

„Aber nicht nur das! Jeder Mensch ist doch etwas Besonderes. Jeder hat so seine ganz eigenen Interessen, Talente und Stärken. Und es wäre doch schade, wenn niemand mehr seine Besonderheiten zeigen würde!“

Jonah wusste, dass sein Vater recht hatte, doch das gemeine Lachen der Anderen hallte ihm noch in den Ohren.

„Wenn ich wenigstens nicht vor ihnen geweint hätte”, sprach er schließlich seinen Gedanken aus:

„Vielleicht hätten sie dann etwas weniger über mich gelacht. Die haben gesagt, weinen ist nur was für Mädchen, aber dass es dann ja zu mir passt, weil ich ja scheinbar ein Mädchen bin.“

„Warte, warte!“, unterbrach sein Vater ihn sofort.

Dieses Mal klang seine Stimme nicht mehr ruhig.

„Du weißt hoffentlich, dass das absoluter Quatsch ist? Im Gegenteil! Stell dir vor, du wärst ein Luftballon.”

Jonah musste lachen. Sein Vater hatte die seltsamsten Vergleiche auf Lager.

„Die Luft, die in den Ballon gepustet wird, sind die schlechten Gefühle, die du im Alltag bekommst, das ist ganz normal. Manchmal fühlt man sich einfach allein, überfordert, traurig oder wütend. Irgendwie müssen die Gefühle wieder raus, klar. Nur wie? Was würdest du bei einem Luftballon machen?“, fragte er seinen Sohn.

„Na ja! Entweder rein piksen oder einfach loslassen, dann fliegt der ja so durch die Gegend und die Luft geht raus”, überlegte Jonah.

„Ja und diese zwei Möglichkeiten haben wir auch. Entweder, wir explodieren irgendwann und werden zum Beispiel aggressiv oder wir lassen die Gefühle einfach raus, indem wir darüber reden – oder eben weinen. Nur dann können wir wieder frei durch die Gegend fliegen, wie der Luftballon."

Den Rest des Weges dachte Jonah schweigend über die Worte seines Vaters nach.

Als Jonah sich am nächsten Morgen für seinen letzten Schultag fertig machen wollte, war das Bad besetzt. Sein Vater hatte sich eingeschlossen und gab nur geheimnisvolle Antworten von sich, als Jonah ungeduldig gegen die Badezimmertür klopfte. Als diese sich endlich öffnete, konnte Jonah kaum seinen Augen trauen: Sein Vater trug ein langes, rotes Kleid von seiner Mutter. Die langen Haare hatte er nicht wie sonst in einen lässigen Dutt zusammengebunden, sondern zu einem dicken Zopf geflochten.

„Willst du mich etwa SO in die Schule bringen?", stammelte Jonah.

Er wusste noch nicht so recht, was er davon

halten sollte.

„Klar, wieso nicht? Das Kleid ist total bequem! Wenn ich das gewusst hätte, hätte ich es schon viel öfter getragen", lachte er.

Auf dem Schulweg bemerkte Jonah natürlich die Blicke der Menschen. Sie tuschelten, lachten und zeigten heimlich auf seinen Vater.

Doch das schien diesen nicht im Geringsten zu stören, im Gegenteil: Fröhlich vor sich hin trällernd und freundlich grüßend lief er den Menschen entgegen, die ihm verwundert nachblickten.

Und plötzlich fiel Jonah noch etwas anderes auf: das Augenzwinkern, die netten Komplimente und das breite Grinsen mancher Menschen.

„Klar lachen mich manche Menschen aus oder finden es unmöglich, was ich hier mache. Anderen wiederum gefällt es auch. So ist das, wenn man durch irgendetwas auffällt. Du wirst es nie allen recht machen. Aber letztendlich zählt sowieso nur, wie man sich selbst dabei fühlt. Und ich muss sagen, ich fühl mich gerade ziemlich gut“, lachte sein Vater und drehte sich auf der Stelle, sodass das rote Kleid hoch wirbelte.

Ein Mann im Anzug sah ihn kopfschüttelnd an. Jonah und seinen Vater kümmerte das nicht. Die beiden brachen in einen Lachanfall aus, während neben ihnen ein wild umher tanzender Luftballon vorbei zischte.

Nachwort

Wenn du die Geschichten dieses Buchs inzwischen durchgelesen hast, konntest du sie alle kennenlernen: Kai, Emilio, Hanno, Jannis und Luca. Vielleicht hast du gemerkt, dass die Jungen alle unterschiedlich sind und jeder von ihnen seine ganz persönlichen Stärken hat. Vielleicht hast du dich auch in der ein oder anderen Geschichte selbst wieder erkannt? Vielleicht hast du auch schon einmal eine Angst überwunden, jemandem verziehen oder Nein zu etwas gesagt, das du nicht wolltest? Denn ganz egal, ob du groß bist oder klein, dick oder dünn, körperlich stark oder schwächer, mutig oder vorsichtig bist – auch du bist auf deine Art genauso stark und mutig wie die Kinder in den Geschichten. Stärke hat schließlich nichts mit Muskelkraft zu tun und Mut nichts mit der Abwesenheit von Angst!

Wahrscheinlich sind dir im Buch auch die Sprüche und Bilder aufgefallen. Für jede Geschichte habe ich einen Spruch ausgesucht, der besonders gut zu dieser Geschichte passt. Vielleicht ist ein neuer Lieblingsspruch für dich dabei, der dir Mut machen kann?

Und wenn du Lust hast, die schönen Bilder zu den Geschichten nach deinem Geschmack auszumalen und vielleicht sogar aufzuhängen oder zu verschenken, dann habe ich jetzt noch eine kleine Überraschung für dich. Über den folgenden QR Code lassen sich die Bilder ganz einfach ausdrucken, sodass du sie so oft du möchtest mit deinen Farben und Ideen verschönern kannst.

Solltest du Schwierigkeiten mit dem Einscannen des QR Codes haben, kannst du die besonderen Malbilder auch ganz einfach über diesen Link herunterladen und ausdrucken:

https://bit.ly/2UK3CsB

Zum Schluss habe ich noch eine Bitte in eigener Sache. Wenn dir das Buch gefallen hat, würde ich mich sehr über eine Bewertung auf Amazon freuen. Solltest du Anregungen und Wünsche haben, schreib mir auch gerne eine Email an: suesssauer.kinderbuecher@gmail.com

So oder so: Ich hoffe, dass dir die Reise in die Welten der unterschiedlichen Kinder gefallen hat und du bei deinen nächsten Alltagsabenteuern vielleicht ab und zu daran zurückdenkst, was du mit Kai, Emilio und Co zusammen gelernt hast. Vor allem hoffe ich, dass du nie vergisst:

Du bist gut, so wie du bist!

Entdecke weitere Titel von Sophie Linde:

Du bist fantastisch!

Inspirierendes Kinderbuch ab 6 Jahren über
Selbstvertrauen, Mut und Freundschaft

ISBN-13 : 979-8691799198

erhältlich auf Amazon unter folgendem Link:

https://amzn.to/3nzUWBM

Viel Freude!

Printed in Germany
by Amazon Distribution
GmbH, Leipzig

21236561R00084